ドロップ

品 川 ヒ ロ シ

幻冬舎よしもと文庫

ドロップ

1

「それから井口、森木、山崎という生徒にはなるべく近寄らないようにしてください」

生活指導の体育教師が言うと、母親は顔をこわばらせて聞いた。

「その子たちは何か問題のある生徒さんなんですか？」

「まあ、いわゆる不良ですね」

「不良ですか」

「はい」

「この学校にはたくさんそういう子たちがいるんでしょうか？」

「うちの学校はこの辺の中学校の中では不良は少ないほうだと思いますよ」

「そうですか」

「でも、今言った三人は別です。特に井口はこの辺では有名な不良です。みんなからは達也と呼ばれています」

「有名っていうのは」

「何回も警察に補導されていますしね。先程も言ったようにうちの学校は不良が少ないもんですから、ナメられないようにと問題を起こしています」

「うちの子は大丈夫でしょうか」

「大丈夫かどうかはお子さん次第じゃないでしょうか。とにかく三人には近寄らないようにしてください」

　体育教師は不機嫌なのを隠さずに言った。

　よりによって中学三年の二学期という受験シーズンど真ん中の大変な時期に転入してこなくてもいいだろうと思っているのだろう。

　ヒロシの母親はいわゆる教育ママというヤツで、ヒロシは朝から晩まで勉強させられた。おかげで小学校の時は成績優秀で模擬試験の偏差値は全国でもトップレベル、中学を受験して千葉県の木更津にある全寮制の私立に入学した。

　しかし中学の寮に入ると親の監視がないのをいいことにまったく勉強をしなくなり、漫画ばかり読んでいた。成績は鬼のように下がり、英語にいたっては自分の名前をローマ字で書けないほどだった。落ちこぼれたヒロシは先輩からタバコと酒と髪の毛を脱色することを教わり、そして『ビー・バップ・ハイスクール』と『湘南爆走族』という漫画を読んで「俺も不良になりたい。不良はやっぱ私立じゃなく公立だ」と馬鹿な理由で転校を希望した。もちろん母親には本当の理由を隠し「エスカレーター式で高校に上がるのは嫌だから、公立でもう一度高校受験をしたい」と言っていた。

「その達也っていう奴は強いんっすか」

ヒロシが中学三年らしい馬鹿な質問をした。

するとすかさず母親が「馬鹿なこと聞くんじゃありません」と母親らしい注意をする。

「達也は今でこそ不良だけど、もともとは町の道場で柔道をやってたし、ちょっとカラテもやってたんじゃないのかな。とにかく強いと思うよ。それに暴走族とも平気で喧嘩するしな。私立にはああいう奴はいないいんじゃないかな」

体育教師は溜息《ためいき》を吐《つ》きながら答えた。

「暴走族……」ヒロシは体育教師の思惑通りにビビッたが、「俺も、前の学校でちょっと格闘技やってたからね」と強がった。

実際は『コータローまかりとおる!』という漫画の真似をして、キックミットを蹴っていただけだった。

「あんた格闘技なんてやってたの」母親が余計なことを言う。

「ちょっとだけだよ」

「とにかく三人には近づかないように」

そんなことはどちらでもいい、といった感じで体育教師は話を遮った。

「それからその髪の毛、黒く染めてくるように」

「はあ、でもこれ地毛なんですけど」

「地毛かもしれないけど、まわりはそういうふうに見てくれないから、うちの学校に転入したかったら染めてこい」

「染めてもドライヤーですぐに赤くなっちゃうよ」

「赤くなったら、また黒く染めればいいだろ」

「めんどくせえじゃん」

「めんどくさくてもやるんだよ」

「ヒロシ、あんた先生に口答えするんじゃありません」

母親は何かっていうとすぐに泣きそうになる。特にヒロシが中学に入ってからはヒロシの顔を見るたびに泣いていた。

休みの日に寮から家に帰ると「髪が赤くなった」と言っては泣き、「言葉遣いが悪い」と言っては泣き、「タバコを吸った」と言っては泣き、最終的にはヒロシの顔を見ただけで何も言わずに泣いた。

「それから」

母親が本格的に泣きだす前にすべての説明を終わらせようと体育教師が続けた。

「初登校の日までにうちの学校の制服を買っておいてください」

「どこに行けば買えるんでしょうか」半ベソの母親が聞くと「駅前の花屋の隣にある制服の専門店で狛江北中の制服と言えばわかると思います。青色のブレザーです。それからワイシャツと体操着、上履きも買ってください。上履きは三年生のは緑色です。うちの学校は教室の上履きと体育館履きが違いますから、それも店員に聞けばわかります。どちらも緑色を買ってください」

母親が急いでメモをとろうとすると「ああ、全部このプリントに書いてありますから」と体育教師がプリントを差し出した。

「ありがとうございます」

「それじゃあ、二学期の始業式の日、ちょっと早めですけど八時までに職員室にヒロシ君を来させてください」

「私は？」

「お母さんは今日でもう大丈夫ですよ」

「よろしくお願いします」

「それじゃあ今日はどうもお疲れさまでした」

「あの、先生のお名前は」

体育教師は聞かれるまで名前を名乗っていなかった。

「ああすいません、うっかりしてましたね。私は体育教師の田丸です」

田丸は日焼けした太った体にジャージ姿で漫画みたいな体育教師だった。

「それじゃあ、必ず髪の毛を黒く染めてくるように」

校門まで見送ると田丸はそう言って締めくくった。ヒロシは黒く染めるつもりはなかったが一応頷《うなず》いた。

薄暗くなった町を家に向かう途中、母親がずっと喋《しゃべ》りかけてきていたが遅めの反抗期を迎えたヒロシの耳には何も届いていなかった。それよりもこれから生活するこの町と、これから通う中学校の通学路に興味があった。

ヒロシが中学の寮に入ったあとに実家がこの町に引っ越してきたので、この町をほとんど知らないし、小学校の同級生もいない。人間関係も生活もすべてゲームのようにリセットできる。きっと前よりもうまく楽しくできるはずだ。

中学生という多感な時期を木更津の寮で二年半も過ごしてきたヒロシは、囚人が出所してきたかのように新しい町で自由の空気を吸い込んだ。

路地裏に入ると一枚の選挙ポスターが目に入る。こんな人通りの少ないところに貼っても意味がないだろう、と思いながら眺めた。オッサンが真剣な表情でガッツポーズをしていて、横に「今こそ立ち上がれ」とスローガンが書かれている。ヒロシはなんとなく自分へのエールのような気がして、このオッサン当選すればいいな、と思った。

新しい学校には不良がいる。しかも人数が少ない。少数の不良が自分たちの代で学校を有名にする、これこそ不良漫画の定番、理想的な状況。憧れていた不良ライフの幕開けだった。「今こそ立ち上がれ」だ。

「私、買い物して帰るわね」母親がそう言って小さなスーパーに入っていくと、さらに自由が広がった知らない町で、母親の前では吸わないセブンスターに、前の学校の彼女がくれたジッポライターで火をつけた。一瞬彼女のことを思い出して寂しくなったが、すぐに新しい生活への期待感で彼女のことを忘れる。タバコを一本吸いきるころに多摩川の土手に着いた。この土手でこれから喧嘩とか、彼女つくってキスとかすんだろうな、と思いながらタバコを足元に投げ、踏みつけた。その瞬間、

「テメエ、よけてんじゃねえぞ、こらっ」土手の向こう側から叫び声が聞こえてきた。

出た！　いきなり喧嘩に遭遇した。ヒロシのテンションは一気に上がった。不安と期待が胃を熱くさせた。土手の階段を駆け上がり多摩川の河原を見下ろすと、

「テメエは、ちょろちょろちょろちょろ逃げまわってんじゃねえぞ、こらっ」

原チャリに乗った、金髪でアイドル風のかわいい顔をした男が、迫力のある顔をつくって叫んでいた。

「ごめん。もう許してくれよ」金髪のアイドル顔に泣きながら頼んでいる男は、縄跳びで腕を縛られ顔は殴られて鼻血を出していた。

「テメエ、北中はしゃばぞうばっかりなんだろう」

「しゃばぞう」とは『ビー・バップ・ハイスクール』に出てくる台詞《せりふ》で根性のない奴を指す言葉だ。

「二度とそんなこと言えねえようにぶっ殺してやるよ」

原チャリをふかしながらアイドル顔が叫ぶ。

「俺、そんなこと言ってないって」と泣きながら訴える縛られている男に向かって原チャリで突っ込んでいく。縛られた男が倒れながらよける。

「テメエ、次よけたらマジで轢《ひ》くぞ」

完全に矛盾していた。よけなかったら轢かれちゃうのによけたら轢くってめちゃくちゃな理屈だ。めちゃくちゃなだけに恐《こわ》かった。縛られた男は涙と鼻血で顔がぐちゃぐちゃになっていた。

「テメエよ、一回轢かれたら終わりだから我慢しろよ」

これまためちゃくちゃだ。

「無理だって、我慢なんてできないよ」

その通りだ。我慢どうこうの問題じゃない。我慢ではどうにもならない。

「もう許してやろうぜ」

横で見ていた後ろ髪を伸ばしたリーゼントの男が言った。

「やりすぎだって、達也」

「井口もう勘弁してくれよ」と縛られている男が言ったのと同時に、バラバラバラッ——もの凄い音がして、河原の砂利が跳ねた。ドン！　縛られた男が吹っ飛んだ。

「これで勘弁してやるよ」

井口達也はアイドル顔で爆笑していた。

縛られた男は苦しそうに咳き込みながらうずくまって泣いていた。

「なっ、死なねえだろ。原チャリで轢いたぐらいじゃ死なねえんだって」

これが井口達也かよ。こいつは不良漫画の中でも完全に悪役のほうだ。

この悪役と上手《うま》くつき合っていけるのか、ヒロシは不安になって溜息を吐いた。

「なんで言う通りにしなかったんだ」

「だから地毛だって言ったじゃん」

「だから地毛かどうかは関係ないって言ってるだろ」

「でも地毛なんだからしょうがないだろ」

前回は封印していたタメ口を、田丸に向かって堂々と使った。母親に泣かれるのが面倒だったのだ。

「俺は染めて来いって言ったんだ。地毛だろうが、地毛じゃなかろうが、だ」

「一回染めたんだよ。でもすぐにとれたんだよ」

「嘘をつくな」

「嘘じゃねえよ」

「お前な、今はみんな受験をひかえて一番デリケートな時期なんだよ。そこにお前みたいな赤い髪の毛の生徒が転入してきてみろ。悪影響だろ」

「知らねえよ」

「知らねえよじゃないんだよ。そんな赤い頭してたら達也もほっとかないぞ」

その名前が出て一瞬背筋がゾクッとした。アイドル顔の金髪男。あいつは原チャリで人を轢いて笑っていた。あいつとは絶対に仲間にならなきゃヤバい。味方につけないと、せっかくの不良ライフ計画が大変なことになる。

かと言ってパシリになっても仕方がない。なんとしても対等な立場に滑り込まなければならない。失敗すれば原チャリで轢かれるかもしれない。ナメられればイジメられっ子になるかもしれなかった。

学校には大人が思っている以上の難しい人間関係がある。会社で上司との人間関係がストレスだなんていっても、暴力もイジメもないのだ。ましてや仕事で失敗したからって、部長に腕を縛られ原チャリで轢かれることは絶対にない。

黒い髪なんかで登校して「こいつは前の学校では真面目だった」なんて印象をつけたら一気にナメられるはずだった。だからヒロシはなんとしても赤い髪を死守したかったのだ。浅はかだけども必死だった。

「いいから早く教室に連れていけよ」

ヒロシは強気でそう言った。

バチン！

「イッテ」

「お前なんだその口のきき方は」

いきなりのビンタだった。体育教師の手はもの凄く厚く、ビンタというよりは相撲の張り手に近かった。

「教師が生徒に手ぇ出していいのかよ」

世間では校内暴力が問題になって、教師が生徒を殴ることもあるのは知っていたが、私立の進学校にいたヒロシには考えられないことだった。

「この学校は、お前がいた私立と違って、間違ったことをする生徒にはビンタしてもいいんだよ」

ビンタされたところが真っ赤になり、ドクドクと脈打っていた。

「どうりで、前の学校の先公よりも頭の悪そうな顔してるわけだな。言葉じゃどうにもならないから暴力なんだろ」

口喧嘩だけは子どものころから無敵だった。大人の足をすくうのが得意だった。

「黙れ」

今度は竹刀《しない》でケツを叩かれた。

「ピンタの次は竹刀かよ。せめて自分の手ぐらい痛めろよ。このマウンテン体育教師よ」

「なんで俺がマウンテンバイクなんだ」

「バイクじゃねえよ、ゴリラのほうだ、馬鹿」

「口の減らない奴だな」

だんだん竹刀の威力が増していく。それに比例するようにヒロシの口も滑らかになった。

「先生B型でしょ」

「なんだ急に」

「B型だろっつうの」

「だったらどうした」

「やっぱな」

「だからそれがどうしたんだ」

「ゴリラってB型しかいねえんだってよ。だからゴリラに似てる奴はB型が多いんだよ」

「いい加減にしろ」

今度は腕を竹刀で殴られた。

「まあ、竹刀使えるんだから、ゴリラの中では頭がいいほうなんだろうな。あくまでもゴリラの世界でな。ゴリラ界の天才だよ。天才ゴリラ君だな」

「もういい」あきれた顔をして体育教師は竹刀を机に立てかけた。
勝った！　ヒロシは勝ち誇った顔をしたが、張り手をされたところが真っ赤になってい
た。
「菊池先生、教室に連れてってください。こいつには手を焼くと思いますよ」
「そうでしょうね。こっちに来なさい」
菊池先生はハゲで、ガリガリの体に毛玉だらけの茶色いセーターを着ていた。ヒロシの
クラスの担任だ。狛江北中学校の三年生は一クラス三十五人ほどでA組からF組の六クラ
スだ。ヒロシはD組に決まっていた。
担任と一緒に教室に行くと、D組の生徒たちは転校生が自分たちのクラスに来たことで
テンションが上がっていた。
全国のほとんどの中学生は転校生が自分のクラスにやってくると、そいつが男であれ女
であれ、いい奴だろうが嫌な奴だろうが、美人だろうがブスだろうが、ハンサムだろうが
不細工だろうが、必ずテンションが上がるものだ。少なくともD組の生徒はそうだった。
「それじゃあ、とりあえず、空いている席に座っといてもらおうか」
席に着くと早速、隣の席の男子が喋りかけてきた。
「よろしくね」

「よろしく」

スポーツ刈りでお調子者タイプの男子だ。

「あのさ信濃川君ってさ、前の学校、私立だったんだよね」

「ヒロシでいいよ」

「うん、じゃあヒロシ君って呼ぶね」

授業が始まってもお調子者は話をやめない。

「私立だよ」

「なんで転校してきたの」

「つまんねえから」

「へえ、でも気をつけたほうがいいよ」

「何が」

「その席に座ってた前原君も私立からの転校生だったからさ」お調子者はヒロシの席を指差した。

「だからなんなの？」

「F組に達也って奴がいるんだけど」

「井口達也のこと？」

「あれ、なんで知ってんの？」

井口達也がこのクラスではないという報告を受けて、とりあえずはほっとした。

「田丸って先公が近づくなってさ」

「そうだよ。絶対近づかないほうがいいよ」

「なんでよ」

「前原君は井口達也にイジメられて学校に来なくなったんだよ」

「へえ」

お調子者はヒロシの顔色が変わったことに満足そうな顔をした。

「いきなり初日に校舎裏に呼び出されてボコボコだよ。で、根性焼きだっつっておでこに何箇所もタバコ押しつけて、〝クリリンみたいになった〟って言って爆笑してたらしいよ」

「そうなんだ」

ヒロシは顔が引きつるのをおさえ、必死で平気そうな顔をつくった。

「そしたら、次の日に前原君の親が乗り込んできて、先生に〝井口にやられた〟って言ったらしいんだよね。それで達也は停学になっちゃったの。そしたら達也、すぐに前原君を待ち伏せして〝テメエはチクってんじゃねえよ〟ってまたボコボコ。で、バリカンで坊主にして〝クリリンが髪の毛生やしてんじゃねえ〟だって」

「めちゃくちゃだな」思わず本音が出た。お調子者はヒロシのリアクションに大満足し、さらに続けた。「そんで足をさあ、ロープで縛って橋から逆さに吊るして〝今度学校に来たら殺すからな〟っつって、そのまま帰っちゃったんだってよ」

「そのままって橋から吊るしたままかよ」

「そうだよ」

「捕まんねえのかよ」

「わかんないけど、それぐらいじゃ捕まらないんじゃないの」

「それぐらいじゃねえだろ」

「まあね」

「そんで、親は文句言ってこねえの」

「それ以来、来ないらしいよ。言ったらもっとやられるって思ったんじゃないの」

お調子者は自分の喋りに満足して大きく背伸びをした。

「今日、達也って来てんの」

「だいたい、いつも昼休みに来るよ」

「ほらそこ！　さっきから何ペチャクチャ喋ってんだ」

ハゲでガリガリの先生が注意したが、ヒロシたちだけではなく、半分ぐらいの生徒が授業を聞いてなかった。

やっぱり達也って奴はハンパじゃない。なんとか仲良くならないと、今度は俺がクリリンかもしれないな、とヒロシは思った。

昼休みに達也が学校に来るまで、午前中いっぱい使って初対面のイメージトレーニングをしよう、とヒロシは思った。


「なんでこんな時期に転校してきたの」

「なんでって、つまんなかったからかな」

昼休み、ヒロシは転校生の特権である「女子からの質問タイム」という幸せな時間を過ごしていた。

田舎に住んでいると東京の子が垢抜《あかぬ》けてかわいく見え、東京に住んでいると田舎の子が素朴でかわいく見えるように、私立にいたヒロシには公立の女子がもの凄くかわいく見えた。

前の学校はセーラー服だったが、この学校はブレザーで、それがまた新鮮でかわいく感じた。

そして、前の学校には絶対にいなかった、ちょっとワルそうなタイプ。転校してきて四時間足らずでもう好きな子が二、三人できていた。

「お前が転校生だろ」

楽しい時間をぶち壊す声だった。

「そうだよ」

河原で井口達也といた、襟足の長いリーゼントの男だ。短ブレ(短く改造されたブレザー)にボンタン(太い変型ズボン)、上履きは踵《かかと》の部分が長年踏まれつづけて端からちぎれかけていて、横には赤いマジックでナイキのマークが描かれている。そういえば前の学校にも上履きを自分でナイキにカスタマイズしてる奴がいたな、と一瞬呑気《のんき》なことを考えた。

「ちょっとつき合ってくんねえかな」

すぐに呑気な世界から現実に引き戻された。

「なんで?」

できればここで女子と話していたかった。

「なんでもいいんだよ。いいからついて来いよ」

「理由もないのになんで行かなきゃいけないんだよ」

女子は心配そうな顔で見てはいるが、助け舟を出してくれそうにはなかった。

「来たらわかるから、いいからついて来いよ」

「わかったよ」

ヒロシは精一杯強がっていた。なにしろ生《ナマ》の不良と話すのは、小学生の時に姉の彼氏やその友達と喋ったのが最後だった。

「ちょっと行ってくるね」

まわりにいた女子たちに〝大丈夫、俺の心配はしなくていいぜ〟風の顔でそう言うと、女子は〝助けてあげたいけど何もできなくてごめんね〟風の顔で見送った。

リーゼントのあとを追って廊下に出た。リーゼントはガニ股でダルそうに歩く割には進むのがとても速い。何も喋らずに黙々と進んでいった。

「名前なんていうの？」

沈黙に耐えられずにヒロシが口を開いた。

「森木」

井口達也、森木、山崎、体育教師が近づくなと言っていた三人のうちの一人だ。

「田丸が言ってたよ、お前らには近づくなって」

「だからなんだよ」

森木が立ち止まり振り返る。

「テメエは黙ってついて来りゃいいんだよ」

そう言うと森木は廊下で堂々とタバコに火をつけた。

ヒロシもタバコは吸っていたが、もちろん校舎内で吸ったことはなかった。だが、ここはひとつナメられないようにと、ポケットからタバコを出そうとした時、

「こいつが転校生君？」

「おお、ワン公」

ヒロシはすぐにこいつが三人のうちのもう一人、山崎だとわかった。そしてタイミングが違うなと思い、ポケットの中でつかんだタバコを離した。

短ブレにボンタン。坊主頭で細身の長身。中学生なのに身長が一八〇センチ近くあった。

「お前、どうなっちゃうんだろうね」

「どうもならねえだろ」ヒロシは希望も含めてそう答えた。

「わかんないよ。達也は無茶するから」

無茶しているところは、あの河原で見ていた。

「いいから行こうぜ、ワン公」森木が少しイラついて、タバコを廊下に捨てた。

「なんでワン公って呼ばれてんの？」ヒロシは〝吸殻を廊下に捨てちゃうんだ〟と思いながら質問をした。

「噛《か》みつくからだよ、キャッキャッキャ」ワン公は楽しそうに笑った。意味はよくわからなかったが気持ち悪い奴だとヒロシは思った。とにかくヘラヘラしていて、妙なテンションの男だ。

校舎から体育館に繋《つな》がる渡り廊下の奥に細い隙間《すきま》があり、そこを抜けた二十畳ぐらいのスペースに焼却炉。ここがいわゆる校舎裏だ。体育館の床すれすれにある窓からバスケットボールをドリブルする音と「パス、パス」「こっちにまわせ」という楽しそうな声が漏れてくる。

これこそ漫画に出てくる正しい校舎裏だった。ヒロシが前にいた学校はマンモス校だった上に新設校で、ピカピカの校舎にピカピカの体育館、どこを探しても校舎裏はなかった。

「よう、転校生」

達也は焼却炉の前で、燃えカスをかき混ぜる鉄の棒を持ってウンコ座りをしていた。近くで見てもやっぱりアイドル顔で、愛くるしい笑顔はとても原チャリで人を轢くようには見えなかった。達也の両サイドには真ん中分けでさらさらヘアーのさわやか少年と、茶髪で性格の悪そうな顔のチビがいた。

「お前さ、私立から来たんだろ」達也はアイドル顔にピッタリのかわいらしい声をしていた。

「そうだよ」

「何、勝手に転校してきてんだよ」

ヒロシ以外のみんなが一斉に笑った。

「お前さ、勝手に転校とかしてると、イジメられんだよ」達也は手に持った鉄の棒で、ブロックをコツコツ叩きながら言った。

「勝手にってさ、誰に許可取ればいいんだよ」

「俺にだよ、馬鹿」

鉄の棒をシュッと振り下ろし、ガッとブロックに叩きつけるとブロックの角が砕け散った。

「だって知らねえじゃん、お前のこと」

「お前とか言ってんじゃねえよ」

「名前知らねえからさ」

本当は知っている。井口達也だ。

「達也だよ」

「じゃあ達也のこと知らなかったわけじゃん。許可なんか取れねえだろ」ヒロシはビビッているのが顔に出ないように、努めて平静を装った。

「わけわかんねえこと言ってんじゃねえよ」

予想通り理屈が通じる相手ではなかった。

「お前さ、根性焼きしろよ」

根性焼きとはタバコで自分の腕などを焼いて根性を見せるという不良の間では定番の儀式だ。ヒロシは〝ここだ〟と思った。この根性焼きを、なるべく早く躊躇《ちゅうちょ》せず、しかも余裕でこなせば一目置かれるはず。

大事なのはビビッてやらされるのではなく、自分から進んでやっている感じにしなければならない、ということだ。

「いいよ」と言うとヒロシは素早くポケットからセブンスターの箱を出して、箱の端をトントンと軽く叩いた。飛び出してきた一本をくわえるとタバコの先が震えたので、隠すようにジッポライターで火をつけた。こんな時でも前の学校の彼女を一瞬思い出す。

一口だけ思い切り吸って煙を吐き出すと、今度はすぐに自分の左手の甲に押しつけた。肉が焼けるニオイが鼻をつく。初めての根性焼きは思っていた以上に熱い。熱いというより骨が痛い。しかしヒロシは必死で平気な顔をつくり「やったよ」と言った。

達也以外には効果があったようで、みんなの顔色が少し変わっていた。

ここは攻めどころだな、と思ったヒロシは「もう一回やろうか」と言って今度はタバコを二本口にくわえ、いっぺんに火をつける。一瞬彼女を思い出してすぐに忘れ、さっきできたばかりの火傷《やけど》の横に二本同時に真っ赤なタバコの火を押しつけた。さっきの二倍熱く、二倍骨が痛かったが、熱いのを我慢して強引に平気な顔をつくる。するとちょっとブルース・リーの物真似をしたような顔になった。

そして、やらなきゃよかったと後悔しながらも、もう一度「やったよ」と言った。

これはさすがに達也にも効果があったようで少しだけ表情が変わった。

「おい、小宮。お前こいつとタイマン張れよ」突然達也は茶髪のチビを指名した。

「ちょっと待ってよ、なんで俺なの。森木かワン公のほうがいいでしょ」

「テメエ、ビビッてんじゃねえよ」

ヒロシはこいつなら勝てると思った。チビだし何より自分よりもビビッている。

「なあ転校生、こいつとタイマン張って勝ったら仲間に入れてやるよ」

ここも躊躇してやらされてる感を出してはいけない、とヒロシは思った。

「テメエ、早く行けよ」達也がケツを蹴って、チビが前に押し出されてきた。

「死ね。チビ」

ここは先手必勝。ヒロシは体勢を崩したチビの顔面めがけて飛び蹴りを放った。

『コータローまかりとおる!』で覚えた蹴りは思いっ切り顔面にヒットして、体重の軽いチビは吹っ飛んだ。そのまま倒れたチビに駆け寄り、馬乗りになって殴る。

必死で殴った。小学生の時にイジメられっ子だったヒロシは、泣きながら上級生に殴りかかるという問題を何回か起こしていたので、喧嘩のポテンシャルは高かった。

「もう、やめろよ」森木が止めに入った。「もういいだろ、達也」

「森木、止めんの早くねえか」達也は不満そうに言った。

「こんなもんだろ」森木はそう言うと溜息を吐いた。

「まあいいや、森木、帰ろうぜ」達也は今まさに喧嘩を終えたヒロシには見向きもせずに、そう言った。

「お前さ、一時間も学校にいないじゃん」森木が答える。

「つまんねえじゃん。ラーメン食いに行こうぜ」

「俺、今日金ねえよ」

「俺もねえよ」

「じゃあ、誰が出すんだよ」

「安城、お前持ってんだろ」

「また俺が出すのかよ」さらさらヘアーのさわやか少年が財布を撫《な》でる。

「どうせ、盗んだ金だろ」

「結構大変なんだよ」

いつの間にかラーメンの話になっていた。ヒロシにとっては必死でもぎ取った一勝だったのに、誰も喧嘩についての感想を言わない。足元には無理やり喧嘩をさせられたチビが顔を押さえてうずくまっている。みんなのノーリアクションに対する寂しさと、チビに対する罪悪感がわいてきた。同時に、こいつらは普通に金を盗むんだ、と思った。

「お前、どうすんだよ」達也は無邪気な笑顔でそう言うと、ようやくヒロシのほうを向いた。

「俺？」誰に喋りかけているのかわからなかったので、とりあえず聞いてみた。

「お前名前なんて言うの」

「ヒロシだけど」

「お前もラーメン食いに行かねえ？」

ヒロシはとりあえず不良の仲間入りを果たしたようだった。

「オメエもだよ」達也はうずくまっているチビのケツを蹴っ飛ばした。

「お前は自分で払えよ」さらさらヘアーがチビを起き上がらせながら言う。

「安城、ひでえな。こいつにもおごってやれよ」と言って、達也は大爆笑しながらもう一発チビのケツを蹴っ飛ばした。

2

達也の家は団地の一階にあった。四畳半の居間には、しまうところがないのか、九月だというのにコタツとストーブが置かれほとんどのスペースを取られている。パンチパーマで、なんの仕事をしているかわからない父親と、茨城訛《なま》りで看護婦の母親はそこで過ごし、夜はそのままそこで寝ていた。

達也の部屋も四畳半で、二段ベッドと勉強机で足の踏み場もなかった。

初めて達也の家に来た時、ヒロシは勉強机を見て、達也にそれはいらないだろと思ったが、どうやら成績優秀な弟のためのモノらしい。達也は驚くことに、この弟に「ちゃんと宿題をやれ」と言っていた。〝自分のことを棚に上げて〟の見本のようなパターンだ。

この達也の家が一番の溜り場になっていた。

「暇だから、カラス捕まえに行かねえ？」達也はいつもおかしな提案を出す。

「いいじゃん。行こうぜ」ワン公がわけもわからず、いつもそれに乗っかる。

「カラス捕まえてどうすんだよ」森木がいつもわけを聞く。

「田丸の車の中に入れとこうぜ」竹刀で殴る体育教師のことだ。

「面白《おもしれ》えじゃん。やろうぜ」ワン公は話を聞いてるかどうかも怪しい。

「いいけど、カラスなんてどこで捕まえるんだよ」森木がすかさず尋ねる。

「そのへんにいるだろ」

「そんなにいねえよ」

「いるだろ。なあヒロシ」

「普通に歩いてるとよく見るけど、いざ捕まえようとするとなかなか見つけられないもんだと思うよ」

「どっかカラスの集まるスポットあるだろ」

転校してきてから数週間ほどの期間でヒロシは達也の相談役的なポジションに収まっていた。

「確実にいるのは、朝五時ぐらいの新宿じゃない」

「いいじゃん、新宿行こうぜ」ワン公はもうカラスのことは忘れ、新宿行きにテンションの矛先が向かっている。

「でも朝の五時だぜ。こっから新宿まで一時間ぐらいかかるぜ。朝の五時に一時間もかけてわざわざ新宿行くのかよ」

　森木の言うことは確かに正しいが、二人でいるとつまらないタイプだ。

「じゃあ、お前は家で寝とけよ。その代わりカラス見せねえぞ」達也がくわえタバコで言った。

「いや、行くけどさ」

　カラスが見たいわけではないだろうが、仲間外れになるのは嫌なのだろう。

「あのさ、朝行くのダルいなら、終電で行けばいいじゃん」

　煮詰まると提案するのはヒロシだ。

「終電で行ってどうすんだよ」

「終電で行って、土曜だからオールナイトでジャッキー・チェンの『ポリス・ストーリー』見ようぜ」

　ヒロシは、ジャッキー・チェンの映画はすべて映画館で見ていた。もちろん『ポリス・ストーリー』も見ていたが、ジャッキーの映画は何回でも見たいのだ。

「それいいじゃん」達也がくわえていたタバコを灰皿に置く。

「朝まで映画見て、ほんで朝カラス捕まえればいいじゃん」自分の意見を通すための説得力は喋る時の迷いのないスピードにあると、ヒロシは中学生ながらに心得ていた。

「金は？」森木が水を差す。

「安城、持ってんだろ」

「また俺かよ」

「どうせ盗んだ金だろ」

さらさらヘアーの安城は中学三年にして空き巣の天才ぶりを発揮していた。

「で、どうやってカラス捕まえんだよ」

「えっ、どうすんだよ」達也は考えてなかったらしい。

「そんなのさ、よくあんじゃん、エサ置いてカゴ置いて棒立てて、鳥が来たらヒモ引っ張って棒倒して、カゴで捕まえるヤツ」

「それだよ」原始的なヒロシの作戦に達也は本気で感心した。

「でも、カラスは超パワーあるから、カゴじゃ軽いと思うからでっかいタライがいいんじゃねえかな」

「オメエ、スゲエなあ」

こういうことでヒロシは達也から一目置かれる存在になっていたのだ。

「安城さあ、お前タライと棒万引きしてこいよ」達也がまた安城の肩を叩く。安城は万引きも天才的な腕前だ。

た。


「いいけど、さっき盗んだ原チャリ乗ってくよ」

「あれ、イマイチ格好悪《わり》いから、ガソリンなくなったら捨ててきていいよ」

「そんでタライと棒って、どんなの盗《と》ってくればいいわけ」安城は職人のような顔で聞いた。

「タライはドリフで頭に落ちてくるでっかいヤツでいいんじゃん。棒は一応五〇センチぐらいあったほうがいいだろ。長い分には切ればいいから」

「オッケー」と笑顔で答えた。安城は万引きが楽しくて仕方がないらしい。

「あと、ロープもな」ヒロシが付け加える。

「ロープは大丈夫だよ」達也が間髪入れずにそう言った。

「なんで？　達也ロープあんの？」

「ああ、持ってっから」

「なんでロープなんか持ってんの？」

「誰か捕まえて縛る用に、工事現場からいっぱい盗んできたんだよ」

　達也に原チャリで轢かれた男が、手を縄跳びで縛られていたのを思い出した。今では縄跳びからロープにグレードアップしたようだ。

「あとさ、なんか野球場のネットみたいなのがあるといいんじゃん」

「安城さあ、ついでに学校行って、校庭にあるネット切って持ってきてくれよ」

「マジかよ、お使い多いよ」

「あとはいるもんねえの？」

「そんなもんで大丈夫じゃない」

達也の質問にヒロシが答えると達也は満足げに頷き、みんなに向かって叫んだ。

「よっしゃあ。じゃあ夜になるまでパチンコ行くか！」

その日の夜、タライと棒とネットを持った五人は新宿行きの最終電車に乗り込んだ。

乗り込んだ車両には十人くらいの人が座っていた。

ヴワン、ヴワン——突然、耳をつんざく凄い音が聞こえた。達也がタライを棒で叩きはじめたのだ。一斉に乗客が達也のほうを見る。ヒロシは、こいつは何を始めるんだと思い、達也の次の行動に注目した。

「悪いけど、この車両俺たちの貸切にするから、他の車両に移ってくれねえ」

ほとんどの乗客が関わり合いになりたくないのか隣の車両にそそくさと移っていった。しかし中ランを着たリーゼントの高校生が一人、動かずに座っていた。ヒロシは高校生の不良とは関わり合いになりたくないので目を背けた。

「聞こえなかったのかよ、テメエ」達也は高校生に近づいて凄んでみせた。どうやら思いっ切り関わり合いになりたいようだ。

「お前ら何中だ」高校生は足を前に投げ出し、ポケットに手を突っ込んだまま、目の前に立った達也を見上げた。

「関係ねえだろ」ワン公が叫ぶ。

「中坊がイキがってんじゃねえぞ」

「テメエ、何高だよ」達也はタライと棒を持ったまま言った。

「カラ校だよ」

このへんでは悪くて有名な工業高校だ。

「カラ校の奴が電車乗ってると、油臭《くせ》えから降りてくんねえかな」

達也は学校の名前を聞いても一歩も引く気はなかった。

ヒロシにとっては転校してから初めての他校の不良との遭遇だったので、ここは他の四人に、自分の得意分野は口喧嘩だというところを見せなければならないと思った。

「お前みたいに工業油臭え奴は、電車に乗るんじゃやなくて車輪に油差してろ」

四人が笑うと高校生が顔を赤くする。まずまずの滑りだしだ。

「なんだと、こら」赤い顔の高校生が立ち上がろうとする。

「座ってろ、ボケ」ワン公が吊革をつかんで飛び上がると、高校生の顔面に蹴りを入れた。

高校生は体勢を崩したがすぐに立ち上がりワン公の髪の毛をつかむ。

「ナメてんじゃねえぞ！」高校生は左手でワン公の髪の毛をつかみ、右手で顔を殴ろうと振りかぶった。

ボワン——ドリフでよく聞く、「タライが降ってきて頭に当たる面白い音」が車内に響いた。達也が高校生の頭をタライで殴ったのだ。高校生は頭を押さえてうずくまる。

ここは自分も参加しないとビビッてたと思われるので、ヒロシも急いで高校生の髪の毛をつかみ「お前は志村けんか」と言いながら高校生の頭を揺さぶった。

「イッタアアアア！」突然高校生が叫ぶ。ヒロシはその叫び声にビックリして高校生の頭から手を離した。ワン公が高校生の首のあたりに腕を絡ませている。よく見ると、ワン公は高校生の耳に噛みついていた。

「ワン公、耳食いちぎれ」達也が叫ぶ。

「離せえ」高校生の目が涙目になっていく。ヒロシには本当に耳がちぎれそうに見えた。

「次は喜多見、喜多見でございます」

車内アナウンスがいつも通りに呑気に流れ、扉が開いた。

「ホラッ、離せワン公」と言って森木が高校生をワン公から引き離し、そのまま駅のホームに投げ出す。高校生はホームに尻餅をつくと耳を押さえながら「お前ら、覚えとけよ！」と叫んだ。

「お前は時代劇か、捨て台詞が古《ふり》いんだよ」ヒロシはすかさず高校生の恥ずかしいところを刺激する。

「うるせえ」

「馬鹿な奴は、だいたいうるせえで締めくくろうとするな」

ヒロシは、自分が得意なのは口喧嘩だというプレゼンが上手くできたなと満足しながら言った。

「テメエら、カラ校ナメんなよ」

「ドアが閉まります。ご注意ください」と呑気なアナウンス。

「俺は北中の井口達也だ。いつでも来い」

「ワン公だ」

「森木だ」

「ヒロシだ」と言おうとしたところでドアが閉まったので、とりあえず中指を立てた。

電車が走りだすと、ホームに尻餅をついている高校生が遠くなっていく。

「あいつ、超ダセエな」と言いながらワン公が笑うと、歯に血がついていた。

「お前、血ぃついてるぞ」ヒロシが引き気味で言うと、

「うえっ」と言ってツバを吐いた。

耳をかじるのは平気なのに血は嫌らしい。

「歯《し》槽膿漏《そうのうろう》じゃねえの」とヒロシが言うと、達也と森木が笑った。

「ワン公、お前って本当に噛みつくんだな」ワン公が噛みつくのを見るのは初めてだった。

「当たり前じゃん」

「当たり前ってなんだよ」

「噛みつくからワン公じゃん」

「最近の犬はお前みたいに噛みつかねえよ」

「じゃあ俺の勝ちだな」

「どんな勝ち負けだよ」と言って笑ったあと、ヒロシはまわりを見て自分だけが立っていることに気がつき、慌てて席に座る。

目の前には、すました顔をした安城が座っていた。

「あれ、お前なんかしたっけ？」とヒロシが聞くと、

「俺、悪いことはドロボーしかしねえんだよ」と、すました顔のまま答えた。

五人だけしかいない車両に笑い声が響いた。

「水風船にウンコ入れられないかな」

今日、達也が提出した議題は「ウンコを水風船に入れる」だった。

結局「カラスを捕まえて田丸の車に入れる作戦」は失敗に終わった。というよりは自分たちでやめたのだ。ジャッキー・チェンの映画を見終わったあと、新宿東口のロータリーを抜け南口に向かう途中のゴミ捨て場に行くと、ヒロシの言う通りたくさんのカラスが集っていた。

タライの罠では捕らえられなかったものの、野球場の緑色のネットを上からかぶせるという最も単純な方法で捕まえることに成功した。ネットに包んだまま新宿の小田急線ホームまで行ったが、あまりにもカラスが「カアーカアー」「バタバタ」騒ぐので、達也が「ここで放そうぜ」と言いだし、ラッシュ時の人がうなるほどいるホームでカラスは自由になった。カラスはホームを縦横無尽に飛びまわり、ホームは大パニックになった。

オッサンのカツラが取れるのを見て大爆笑。

ＯＬがこけてパンツが見えて大興奮。

どさくさに紛れて乗客のオッパイやお尻を触り、大満足で狛江に帰ってきたのだった。

そして次の日のお題が「ウンコを水風船に入れる」だ。

今回の会議室は達也の家のコタツとストーブに占領された居間ではなく、ヒロシの部屋だ。

ヒロシの家は大通り沿いの総合病院の前に建てられた、築二年の真っ白でお洒落《しやれ》なマンションだ。十六畳のリビング、キッチン、母親の寝室、姉の部屋、ヒロシの部屋。「３ＬＤＫの風呂トイレ別」ってヤツだ。

ヒロシの部屋は六畳で南側が全面窓になっている。兄が一人暮らしを始めたのと同時にヒロシが木更津の寮から帰ってきたので、兄の部屋がそのままヒロシの部屋になったのだ。子どものころから兄と同じ部屋で育ち、中学は寮の五人部屋。初めて手に入れた一人部屋にはジャッキー・チェンのポスターが貼られ、千冊近くの漫画が床に積み上げられ、作りかけのガンプラのシャアザクが一応ディスプレーされ、兄の置き土産のビデオデッキと裏ビデオがあり、そこはまさに中学生の楽園だった。

常にオナニーをしたティッシュのニオイと、コンビニで売っている缶コロンのニオイとタバコのニオイが混ざって、とにかくなんだか凄いニオイになっているが、それが中学生の楽園のニオイなのだ。

水兵の格好をしたジャッキー・チェンも、まさかこんな部屋に自分のポスターが貼られるとは思わなかっただろう。その証拠にジャッキーはどんなに部屋が臭くなっても快心の笑みで敬礼をしている。

マンションの二階からヒロシの住んでいる三階を繋ぐ階段の踊り場にある一メートル五〇センチほどの壁を越えると、ヒロシの部屋の目の前のベランダに出るので仲間たちの部屋への出入りは玄関を通らずに窓から直接行われていた。

わずらわしい母親の小言を聞かなくて済むので、達也の部屋に次ぐ溜り場になっていった。

その日、ヒロシは朝から数えて八回目のオナニーをしていた。チンコはとても痛くて真っ赤になっていた。それでも一人部屋を与えられた健全な童貞の中学生男子は、オナニーをやめることはできない。おじいちゃんが死んで大泣きした夜も、ついついオナニーをしてしまったほどだ。そしておじいちゃんも中学生の時はそうだったハズなのだ。

しかも今まで寮のトイレに隠れて、エロ本片手にオナニーしていたのが、突然の一人部屋。さらにはビデオとリモコンという最終兵器を手に入れたのだ。宿題なんてやるはずがない。

しかし八回目のオナニーは精子が出なかった。代わりにチンコの先の口が開いて「プッ」と空気が出た。チンコがオナラをしたのだ。ともすればチンコの口は「ギブ」と動いているようにも見えた。「もう無理です。八回はさすがに限界です」とチンコがたまらずにギブアップしたのだ。

「ヤバい、精子が二度と出なくなったらどうしよう」ヒロシは焦り、効くかどうかはわからないが牛乳を飲んでみた。それでなんとなく安心して部屋でくつろいでいると、窓から達也が入ってきた。続いて森木、ワン公、安城、いつものメンバーが顔を揃える。

そして「ウンコを水風船に入れる会議」が始まった。

「三丁目の警官ムカつくからよ。ウンコ風船ぶつけてやろうぜ」

これが達也が今回の議題を提出した理由だ。

「ウンコを水に入れて溶かして、浣腸器で吸いとって風船に入れたらどうかな」いつものようにヒロシが答えると、

「じゃあ安城、水風船と浣腸パクッてきて」いつものように達也が安城の肩を叩く。

「浣腸なんてどこにあるんだよ、薬局か?」

「違うよ、そんなちっちゃいヤツじゃなくて、太くてデカいガラスのヤツだよ」ヒロシが

ジェスチャーを交えて説明した。

「そんなもんどこで売ってんだよ」

安城は買いもしないのに「売ってる」という表現を使った。ヒロシは「大人のおもちゃ屋に置いてるよ」と言った。

「大人のおもちゃ屋か。やったことないな。でもまあいけるだろ」と言いながら安城が窓から出ようとすると、月明かりに顔が照らされた。

「お前は狛江のルパン三世だな」とヒロシが最高の褒《ほ》め言葉を送ると安城は、窓から颯爽《さっそう》と出ていった。

その日以来、安城のあだ名は「ルパン」になった。

「よっしゃー、ルパンが道具を揃える間にオナニー大会しようぜ」

達也が早速ルパンというあだ名を活用しつつ馬鹿な提案をすると、

「フウーー」ワン公がすぐにテンションを上げて奇声を発した。

「くだらねえよ」森木が異常に嫌がる。

オナニー大会とは、早くイッた奴が勝ちというシンプルなルールで、今回は二位以下の奴らが五百円ずつ一位の奴に払うということになった。

前の学校でヒロシは、この大会で負けたことがなかった。早漏だからだ。

しかし今はヤバい。なにしろチンコがギブアップしたばかりなのだ。

「ネタはこれな」と言って達也が裏ビデオを取り出した。

「親父が持ってたからパクッてきた」

ヒロシはタイトルを見ただけで興奮し、チンコは復活。ネバーギブアップ状態になった。

裏ビデオを兄貴の置き土産にセットして再生ボタンを押すと、エレクトーン演奏の軽やかで安っぽいBGMが流れて、セーラー服を着た三十歳ぐらいの女がテニスコートでションベンをしている。何回もダビングしたせいで、もの凄く画像が粗かった。

「フウウウウー」ワン公が奇声を発するのと同時に「淫乱女子高生」と汚い文字でタイトルが浮かび上がった。

達也とワン公がパンツを脱ぐ。達也のチンコはとてもでかかった。顔はアイドル並だわ、喧嘩は強いわ、チンコはでかいわで、なんなんだこいつは、と嫉妬《しっと》をおぼえる。

中学生は下らないことがコンプレックスになる。ヒロシは何度もチンコがでかくなる夢を見ては朝ガバッと起き上がり、パンツの中の現実を見てへこんでいた。

顔が格好いい奴は、チンコがちっちゃくてもべつにいいじゃねえかよ、と本気で思った。

軽くサッと皮を剝《む》いて、よそ行きのチンコにしてから、ヒロシもパンツを脱いだ。

初めてヒロシのチンコを見た達也が「ちっちぇー」と言って笑う。

「もう勃《た》ってんじゃん」ワン公も続いて笑う。

不思議と笑われると、それはそれでオイシイと思えて、「う・る・せ・え」と言葉に合わせてピク・ピク・ピク・ピクとチンコを動かした。

達也とワン公が大爆笑する。すると〝恥ずかしい〟という気持ちより〝オイシイ〟という気持ちが完全に勝った。

「あれっ、お前チンコにティッシュ付いてんじゃん」

心の中で「しまった」と叫ぶ。

「お前オナニーしてたろ」

まさに図星だ、しかも一回や二回じゃない。八回もだ。

恥ずかしい気持ちが蘇《よみがえ》るが、持ち前のガッツで「バ・レ・た」ピク・ピク・ピクとチンコを動かす。これまた大爆笑。「恥ずかしい」は「オイシイ」になった。

そんなふうにヒロシが大爆笑ステージを繰り広げる中、森木だけが笑っていなかった。

「お前も脱げよ」達也が森木に言うと、

「くだらねえ」不機嫌そうに千冊の漫画の山から一冊を取り出しパラパラとめくりだす。

「お前、いつもこういう時脱がねえな」

二人は幼馴染《おさななじみ》だったが、この一、二年達也は森木のチンコを見ていないらしい。

「いいから脱げよ」

「やだよ」

「脱げっつってんだろ」

「くだらねえって言ってんだろ」

言ってることは森木のほうが絶対正しい。しかしこの場合、ノリの悪い森木が悪者になるのだ。

「グダグダ言ってんじゃねえよ」と達也が森木を羽交い絞めにすると、「ワン公、ヒロシ脱がせろ」

ヒロシとワン公は笑いながら森木のズボンに手をかける。

森木は足をバタバタとさせ抵抗する。フルチンの男三人が抵抗する男のズボンを脱がせようとする。まるでホモビデオのレイプシーンだ。

森木は最後まで抵抗を続けたが、やはり数には勝てずズボンとパンツを同時に下ろされ、ベールに包まれたチンコが現れた。

「あっ」一瞬、その場の空気が凍りつく。

森木のチンコはしっかりと勃っていた。しかも真性包茎だ。

「うわっ、皮かぶってんじゃん」

沈黙を破ったのはワン公だった。三人が一斉に笑う。

森木の顔は見る見るうちに真っ赤になった。

ヒロシは笑いながらも心の中で森木にエールを送った。自分もさっき笑われたから森木の気持ちはよくわかる。でも負けたらダメだ。さっきの俺みたいに言葉に合わせてチンコを動かすんだ。そうすれば絶対にウケるから、恥ずかしさに負けずにチンコを動かすんだ。

すると思いが通じたのか森木のチンコが動きだした。

「う・る・せ」ピクピクピク。

三人は腹を抱えて笑っていた。〝その調子だ、森木、ウケてるぞ〟とヒロシが思った時だ。

ぴゅ〜〜〜。森木のチンコから一筋のションベンが出た。力みすぎてちょっとだけションベンを出してしまったのだ。ションベンは漫画の山の一角を濡らした。

「テメエ、何してんだよ」

小学生の時からの大事なコレクションをションベンで汚されるのは許せない。ヒロシの「キレる」のスイッチがＯＮになった。

「汚ねえ」達也とワン公はまた笑いはじめた。

「悪い、悪い」森木は恥ずかしそうに苦笑いしながらヒロシに謝った。

「悪いで、済むかよ」

　ヒロシは本質的にはまだ完全な不良ではなかったので、普段は森木にも軽く気を遣っていたが、もともとキレやすい性格で、一種の病気ではないかと思うくらい、キレると相手が誰だろうが見境がなくなる。根性があって相手にビビらないということではなく、キレて状況判断ができなくなり、自分より大きな敵にも向かっていってしまうのだ。

「なんだ、テメエ」

　森木は自分よりも格下だと思っている相手に文句を言われ、恥ずかしさで赤かった顔が怒りの赤に変わった。

「殺すぞ、こらっ」

「やってみろ、こらっ」

　二人ともフルチン。しかも一人は短小でティッシュ付き、一人は包茎でションベン付きだ。

「喧嘩するなら、表でやろうぜ」デカチンをしまいながら達也が言った。

　そこで二人も自分たちがフルチンのまま口論してることに気がつき、ズボンを穿《は》いた。

「表出ろ、こらっ」

「上等だ。ボケッ」

四人は窓からベランダに出た。

「テメエ、私立から来たボンクラがイキがってんじゃねえぞ」

と言いながら森木が壁から階段の踊り場に下りようとした時、

「死ね。テメエ」

ヒロシは助走をつけて森木を踊り場に蹴落とした。キレている時のヒロシは非情なことがいくらでもできるようになるのだ。

森木は頭を手でかばいながら踊り場に落ちる。ヒロシは自分も踊り場に飛び降り、転校初日にチビにしたように馬乗りになろうとした。けれど森木はチビよりも数段喧嘩慣れしているので、ヒロシが自分の上に乗ってこようとした時にタイミングを合わせて蹴りを出す。蹴りはヒロシの腹に入りヒロシの体はくの字に折れた。

森木は素早く立ち上がると腹を押さえているヒロシの顔面を殴る。殴られたヒロシもすぐに殴り返す。ヒロシは中学生にしては身長も高く骨格もしっかりとしていたので、パンチが重く森木は後ろにのけ反った。すかさず間合いを詰めてガンガン、パンチを出す。何発かはガードされ何発かは当たった。

そして襟首をつかむと二階に向けて勢いをつけて押した。森木は体を反転させ、なんとか階段を駆け下りたが、途中でバランスを崩し思い切り二階に転がり落ちた。

ヒロシも階段を駆け下り、今度こそしっかりと馬乗りの体勢になって夢中で殴った。しばらく殴っていると首が後ろに引っ張られ、気がつくと尻餅をついていた。

達也が後ろからヒロシの襟をつかみ、森木から引き離したのだ。ヒロシはゼエゼエと肩で息をしながら達也を見上げた。

「テメエ、いきなり始めてんじゃねえよ」達也はそう言って、なんでかわからないがニヤついた。

「何やってんの?」

一階のほうから声が聞こえ、みんながそちらを見ると、いつの間にか戻ってきたルパンが立っていた。状況を把握できずに、顔を腫《は》らして鼻血を出しながら倒れている森木を見ている。

「喧嘩だよ」ルパンの質問に達也が答えた。

「誰と誰が」

「森木とヒロシだよ」

「なんで」

「ヒロシがキレたんだよ。森木がションベンしたから」達也がヘタクソな説明をする。

「なんだよ、それ」ルパンは余計混乱した。

「っていうか、お前帰ってくるの早くねえ？」達也はめんどくさくなったのか話題を変えた。

「えっ、いや考えてみたら、狛江って大人のおもちゃ屋なくねえ？」

ルパンが片方の眉毛を吊り上げてそう言うと、

「そんなことどうでもいいだろ」と森木は血だらけの顔で言って、ヨロヨロと立ち上がった。

ヒロシは急に森木に悪い気がして「ごめん」と聞こえるか聞こえないかわからないぐらいの声で言った。

森木は「うるせえ」と言っただけだった。


ヒロシが一人で部屋に戻ると、楽園には新たにションベンのニオイが加わっていた。

ションベンのかかった漫画は主に『キン肉マン』だった。「7人の悪魔超人編」はほとんど全滅だった。ションベンまみれの「7人の悪魔超人編」をゴミ袋に入れると、セーフの漫画をその場から一旦移動させて床のションベンを雑巾で拭《ふ》く。

さっきまでみんなが爆笑していた部屋で、今は一人ションベンを拭いている。

後悔していた。なんで我慢できなかったのか、なんでキレてしまったのか、なんで達也とワン公と一緒に笑えなかったのか。せっかく徐々に馴染んできていたのに、たかだかションベンが漫画にかかったぐらいのことで振り出しに戻った。いや、振り出しよりひどい状況になった。

ヒロシはすぐにキレるが、すぐに後悔する。しかも基本的にはビビりで、キレた自分が起こした問題に怯《おび》えるのが、いつものパターンだった。

森木は「今日は帰る」と言って帰っていった。達也、ワン公、ルパンも森木を追うようにして行ってしまった。ヒロシのところには誰も残らなかったのだ。

これが、たまらなくヒロシを心細くさせた。一人でも残ってくれたら、残って話を聞いてくれたら、一緒にションベンを拭いてくれたら、こんなには心細くはなかっただろう。転校してきて数週間、仲間のように奴らと行動を共にして馬鹿騒ぎし、笑ってきたが、結局自分はまだ仲間とは認められてはいなかったのだ。喧嘩をすれば全員が森木の側につく。自分の存在はそんなものなのだ。

確かにあれぐらいのことでキレた自分も悪い。それにしても全員で帰ることはないじゃないか。一人でも残ってくれたら、残って話を聞いてくれたら、一緒にションベンを拭いてくれたら……後悔は同じところをぐるぐるぐるぐるとまわっていた。

そして後悔はやがて罪悪感に変わっていった。

森木は真性包茎だと笑われた。それでも顔を真っ赤にして「笑われた」を「笑わせた」に変えようと必死でチンコを動かした。その結果ションベンが出てしまうという、さらに恥ずかしいアクシデントに見舞われて、思いっ切り「笑われていた」。

相当キツかったはずだった。そんな恥ずかしい真っ最中の森木にキレて、後ろから蹴り飛ばし階段から突き落とし馬乗りになって殴ったのだ。森木がションベンをかけた『キン肉マン』の「7人の悪魔超人編」は友情がテーマだっていうのに、それが原因で友情を壊したのだ。

そして罪悪感はやがて恐怖に変わった。ヒロシは転校生だ。今までは上手くノーミスでやってこれた。パシリにもイジメられっ子にもならずに、憧れていた不良たちにうまく溶け込んでいた。それを壊してしまったのだ。

「報復」の二文字が頭をよぎる。さっきは不意打ちでたまたま勝てたが、今度も勝てるとは限らない。というよりも達也もワン公もルパンも森木と一緒に帰っていったのだ。今ごろは俺のことを「フクロ」にする計画を立てているのかもしれない。縛られて原チャリで轢かれるかもしれない。頭に根性焼きを入れられ、クリリンにされるかもしれない。足を縛られ橋から吊るされるかもしれない。

最悪のイメージが次々にわきあがる。

明日学校に行く前に、森木の家に謝りにいこう、と心に決める。

すると達也が忘れていった裏ビデオが目に入った。おじいちゃんが死んだ夜もオナニーをしたヒロシだ。友達と喧嘩したぐらいで、新しい裏ビデオを前にオナニーしないわけがない。九回目のオナニーはすごくチンコが痛かったが、新しいネタのおかげでちゃんと精子が出た。

その日、ヒロシは夢を見た。河原で達也たちに腕を縛られ原チャリでチンコを轢かれる夢だ。きっと原チャリの恐怖と、九回のオナニーでチンコが痛くなっていたのが夢で合体したのだ。

翌朝、母親に起こされて目が覚めた。

「達也君と森木君が迎えにきてるわよ」

母親は悪い友達が迎えにきたので心配そうな顔をしている。それをよそにヒロシは「よかった」と心の中で叫んだ。全部思い過ごしだったのだ。きっと森木も自分と同じように俺に悪いと思って謝ろうと思ったけど、一人では心細いから達也につき合ってもらって、こんなに朝早くから家にやって来たのだ。なんだそうだったのか、ハッハッハ。だったらいつものように窓から入ってくればいいのに。でもやっぱ謝る時はちゃんと玄関から入ってきたいのかな。

と、ヒロシはすべて自分の都合のいいように解釈して玄関に向かった。

「うぃっす」

「おう」家の中からは達也しか見えない。

「まだ学校行く用意してないからさ、あがっていきなよ」

「いや、ここで待ってっから早く着替えてこいよ」

「わかった、ちょっと待ってて」

おかしい。明らかに様子がおかしい。考えてみたらこんな朝早くから学校になんて行かないハズだ。いつものパターンだとヒロシも森木もワン公も達也の家に集まり、「笑っていいとも」を見ながら母親がつくった弁当を食べて、それから学校に向かうのだ。

それが家にも上がらずに学校に行こうとするはずがない。嫌な予感がしながらもヒロシは急いで着替え、顔だけ洗って玄関に行った。

「ごめんごめん」

顔がひきつっているのがバレないか、ドキドキしながらサンダルを履こうとした。

するとと達也が「これから喧嘩するのにサンダルなんて履いてんじゃねえよ」と言った。

「何それ？　誰と誰が喧嘩するの？」

声が震えた。

「お前と俺がだよ」

「なんだよそれ」

嫌な予感は見事に的中していた。

「あれじゃあ、森木が納得いかないんだよ。だから俺とタイマン張れよ」

「いや、ちょっと待てよ」

「いいから、ちゃんと靴履いてこいよ。下で待ってっからよ」

玄関が閉まった。

「どうしたの、ヒロちゃん。学校行かないの」

今日ほど母親に助けを求めたいと思った日はなかったが、思春期の赤い髪の毛をした中学生が母親に「助けて」なんて、口が裂けても言えなかった。

「なんでもないよ」と言いながら達也の指定通り革靴を履いた。サンダルを履いて下りたところで、「靴じゃないから喧嘩は中止」ってことになるとは思えなかった。

玄関を出ると、傘を差すほどでもないほんの小雨が降っていた。階段を下りると達也と森木がガードレールに座っていた。森木は昨日よりも顔が腫れて口も少し切れていた。申し訳ないという気持ちと数分後に自分があぁなるんじゃないかという恐怖で足が震えた。

「昨日はごめんな。森木」

森木はなんにも答えない。代わりに達也が「いいから行くぞ」と玄関先とは違い、完全に喧嘩モードの顔で言った。

「お前、後ろから蹴ってくるからよ、前歩けよ」

「そんなことしないよ」

「いいから歩けよ」

「どっちに行けばいいんだよ」

「右だよ」

ヒロシを先頭に三人は歩きだした。車道をパトカーが通った。朝早く中学三年生が学生服で歩いているだけだ。まさかこれから喧嘩が行われるなんてわかるはずがない。どんなに日本の警察が優秀でも、この状態は中学に通う仲良し三人組にしか見えないはずだ。助けてくれるはずもない。ヒロシは「パトカーかぁ」と呟《つぶや》いた。

「右な」「そこ右」「左」五分ほど達也の指示通り歩いた。

「止まれ」

最終指示が下された。胸の鼓動が速くなる。着いてしまったのだ、タイマンが行われるコロシアムに。

そこは車が一台やっと通れるほどの道で、いかにも人通りが少なそうな場所だった。達也はきっと町中の人通りが少ないスポットを把握しているのだろう。

選挙ポスターが貼られていたが、こんなとこに貼っても効果はないはずだ。あれ、前にもこんなことがあったなあ。ん？　デジャブか？　と場違いなことを考えていた。

「調子に乗りすぎたなあ、おい」

達也が脱いだブレザーを森木に渡しながら言った。

「べつに乗ってねえよ」

最後の強がりだった。

「来いよ」

達也は興奮する様子もなくそう言った。お前の実力を見てあげるからかかって来なさいといった感じだ。

「一本タバコ吸わせてくれよ」

「ああん？」

「べつに一本ぐらいいいだろ」

「いいから来いよ、テメエ」

ヒロシは無視してタバコに火をつけた。さすがに彼女のことは思い出さなかった。

「早く吸えよ」意外にもタバコ一本分は待ってくれそうだ。

タバコを深呼吸のように吸い込むと煙が肺の中に入ってくる。タバコを吸ったところで落ち着くことはないが、それでも時間稼ぎにはなった。もう一度達也を冷静に見てみる。

自分よりも一〇センチは背が低い。考えてみれば達也が一人で喧嘩をしているところを見たわけではない。そんなに強くないのかもしれない。無茶するってだけで、本当は大したことないのかもしれない。

森木の顔が目に入った。そうだ、森木に勝ったんだ。達也にだって勝てるかもしれない。一流プロスポーツ選手がするように、ヒロシは自分の勝ちをイメージしながら、まだ長いタバコを足で踏み消した。

「やってやるよ」ヒロシはブレザーを脱いで、バッサーと一振りしてもう一度着た。

この場面でベタなギャグをやって見せて、自分はビビッていないというアピールをしたかったのだ。しかし達也はノーリアクションで、もう一度「来いよ」と言った。

「うりゃあ」

ヒロシは叫び声を上げながら走っていくと、達也の顔面めがけて膝蹴りしようとしたが、達也はあっさり後ろに下がってよけた。すぐに脇腹あたりめがけて蹴りを出すと、カラテの選手のようにきれいに脛《すね》でガードした。

そのやりとりだけで〝甘かった。やっぱり達也は強い〟と思った。その瞬間右ストレートが顔面に飛んできた。ガシッ！　真正面からモロに口に入った。すぐに口の中に血の味が広がる。後ろに二、三歩よろけると襟と肘《ひじ》を持たれ、柔道の大外刈りで倒された。受身を知らないヒロシはコンクリートで後頭部と背中を思いっ切り打った。

「達也は小学生の時、柔道の道場に通っていたらしい」という田丸の情報は嘘じゃなかったのだと思う間もなく、さらにサッカーボールのように顔面を蹴られた。ヒロシはすぐに体をひねって体を丸め、亀のポーズになる。顔の真下が見る見るうちに血溜まりになった。

「立てよ、テメエ。まだまだ終わらせねえぞ、おらっ」

このまま無視して亀のポーズで嵐が通り過ぎるのをひたすら待ちたかったが、プライドが邪魔をした。馬鹿らしくて意味のないプライドだったが、とにかく立ち上がった。ガンダムに初めてアムロが乗った時のように、ゆっくりとたどたどしく立ち上がった。

「来いよ」達也は手招きでそう言った。

「だらららああ」

今度は達也の首を両腕で締め上げる。すると達也はニヤッと笑い、首を締められたまま押し戻し、ヒロシの脇腹にフックを叩き込む。体がくの字に折れたところに、すかさずアッパー、さらにストレート。ヒロシ二度目のダウン。

「どうした、おらっ」腹を蹴られ、再び亀のポーズをとるが、構わず蹴ってくる。蹴りが止《や》んだかと思ったら「立てよ、これからだろうが」さっきよりもテンションが高い。今度こそ立ち上がりたくない。ズキン。前歯が折れているのを舌で確認した。

「立てっつってんだろ」もう一発蹴られた。

ヒロシはやっかいなプライドに突き動かされて、フラフラしながらもう一度立ち上がった。喧嘩で足がよろけるのは初めてだった。表面的に痛いだけではなく、ダメージが足にきているのだ。

「来いよ」達也が今度は腕組みをしてそう言った。

「がああぁ」がむしゃらに殴りかかる、と言うよりはもたれかかると言ったほうがいいかもしれない。すぐに襟を持たれ頭突きが鼻に入る。耳の内側から「メキ」という音が聞こえる。さらにもう一発頭突き。「メキ」という音をもう一度聞いて、膝から崩れ落ちた。

「立てよ」

もう無理だ。プライドのあるなしではなく、単に体が動かない。それでも達也は腹に蹴りを入れる。ガードをしたくても体が動かない。腹が内側から痛い。これ以上は死ぬ。

「こいつは俺を殺すつもりだ」と思った時、

「もういいだろ、達也」

森木が止めに入った。

ヒロシは涙を流した。森木に特別な感情はなかったかもしれない。達也がやりすぎた時は森木がいつも止める。今回も森木はそうしただけなのかもしれない。そうだとしても、ヒロシにとっては昨日喧嘩をして傷つけた相手が助けてくれたことが嬉しかった。そしてもう蹴られなくて済むんだ、ということが嬉しかった。嬉しくて泣いた。

「立てよ」達也が今度はさっきまでとは別人のような優しい顔で笑い、「あ〜あ〜大丈夫かお前」と自分が散々殴ったり蹴ったりした相手の心配をした。

「無理。今立てない」

折れた前歯から空気が抜けて前より少し間抜けな声になっていた。

「じゃあそこに座れよ」

森木が腕を貸し、ヒロシはブロック塀に寄りかかった。こいつは優しい奴なんだなと思いながら、壁に貼られた選挙ポスターに目をやった。

「今こそ立ち上がれ」と、オッサンが厳しい顔でガッツポーズをしていた。

ヒロシは「だから立てないっつってんだろ、落選しろ」と思った。

森木の家は、達也と同じ団地だった。森木は八号棟、達也は十五号棟だ。よく達也の家の前に溜まってはラジカセで尾崎豊の「十五の夜」を聞きながら「十五号棟の夜、俺たちのための歌だな」と言って喜んでいた。

全国の不良中学生がそうだったように「十五の夜」を自分たちのための歌だと信じていた。

同じ団地でも森木の家は達也の家より一部屋多く、両親は居間ではなく、ちゃんと寝室で寝ていた。

森木の親は離婚していて、今いる母親は継母だ。歳《とし》の離れた五歳の腹違いの弟がいた。

「糞ババアがよ。弟にだけケーキ買ってきやがってよ」

「いい歳こいて、隣に息子がいるのにセックスしてんじゃねえよ。アンアンうるせえんだよ」とよく言っていた。

森木はいわゆる家庭の事情でグレたタイプのようだった。

森木の部屋で、ヒロシは初めて森木と二人きりで長時間過ごしていた。

「顔、大丈夫」ヒロシは森木の顔を覗き込むようにして聞いた。

「大丈夫だよ」森木は苦笑いでそう言うと「お前こそ、歯折れてなんか間抜けな顔になったな」と続けた。

「冷たいもんとか飲むと超しみんだよね」前歯を舌でペロペロしながらヒロシが答えた。

あの日以来、二人の間で「森木VSヒロシ」「達也VSヒロシ」の話題は避けられてきた。

ヒロシとしては話したい気持ちもあったのだが、達也、ワン公、ルパンの前ではなんとなく話しにくかったので、三人の隙を見て森木の家を訪ねたのだ。

「あん時はごめんな」

ヒロシは改めて謝りたかったのだ。あれからなんとなく元のつき合いに戻ってきてはいたが、もう一度ちゃんとしておきたかった。

「べつに気にしてねえよ」

森木はヒロシが最も言ってほしかった一言、「気にしてねえ」と答えた。

「そうなんだ。でもごめん」潔く謝る自分に気持ちよくなっていた。

「もういいって言ってんだろ」

しつこさに森木が少しだけイラッとした。

二人の間に静かな時間が流れていく。ヒロシは沈黙が苦手で、なんとか会話を続けようとして余計なことを言ってしまうタイプだった。

「でもさ、俺と森木が喧嘩して、なんで達也が出てくるの？　関係ねえじゃん」

これも余計なことだったようで森木が少し不機嫌そうな顔になった。

「俺はべつにいいよって言ったんだけど、達也がやるって言ったんだよ」

「なんだよ、それ」

「達也は、なんでもいいから喧嘩したいんだよ。べつに相手がムカつくとかじゃねえし、仲間がやられたとか関係ねえし、ただ喧嘩が好きなだけなんだよ」

「そうなんだ」

改めてあの日の喧嘩のことを思い返した。達也は森木のためにヒロシと喧嘩をしたのではなく、ただ自分が喧嘩をしたかっただけだったのだ。普通、自分が毎日遊んでいる友達を「喧嘩がしたい」って理由だけであそこまで殴れるものだろうか。タバコをくわえて火をつけ、思いっ切り煙を吸い込むと、折れた前歯が「ツーン」と痛んだ。

「タン、タン、タン」

表から舌を弾《はじ》いて鳴らす音が聞こえる。舌を鳴らすのは不良の呼び鈴のようなもので、挨拶にも使えるし、窓の外から仲間を呼び出すこともできる。時には「シンナー買わないか？」の合図にもなる。

窓を開け下を覗き込むと、そこには達也、ワン公、ルパンが立っていた。前歯が「ツーン」と痛んだ。

「森木、ヒロシ、下りてこいよ」

平気で友達を殴る奴とは思えないアイドルスマイルで、達也が手招きしながら呼んでいる。

「おう、すぐ下りるよ」森木はそう言って窓を閉めると、「さっきの話、達也にはするなよ、そういうの聞くとあいつうるせえからよ」と言いながらMA－1を羽織った。

「わかったよ」ヒロシもMA－1を羽織った。

ヒロシたちは全員MA－1を持っていた、というよりは学生服以外の上着はMA－1しか持っていなかった。まだ暑かったけどTシャツにMA－1を着ていた。学校に行く時はブレザー、学校から帰ると下はボンタンのままで上だけMA－1に着替えて出かけるのが定番だった。もちろん買ったわけではなくルパンからの支給品だ。

「遅《おせ》えよ」達也は黒い原チャリに跨《また が》って、タバコをもみ消しながら言った。

「行こうぜ」ワン公とルパンは赤い原チャリに二人乗りしている。

「また、新しいのパクッてきたんだ」ヒロシが聞くと、

「おう、ジョグだぜ。超速えよ」と達也が嬉しそうに答えた。

「二台しかねえじゃん」

「そっちでワン公とルパンと森木で三ケツしてけよ。こっち俺とヒロシな」

「どこ行くのよ」

「ウンコ風船だよ」達也が自慢するように答えた。

「つくったのかよ」

「ほらっ」ルパンがコンビニのビニール袋の中に入ったウンコ風船を見せた。

「ほとんどワン公のウンコだぜ」

「犬の糞かよ」

ヒロシが言うと全員が爆笑した。達也と喧嘩して以来初めての冗談だったので、ウケてホッとした。

「じゃあ三丁目の交番行くか」達也が、もう何年も乗っている愛車のように盗んだ原チャリのエンジンをかけた。

「ちょっと待って」ヒロシが達也の勢いにブレーキをかける。

「なんだよ」

「顔、丸出しで行くつもりかよ。警官だぜ」

「オメエ、ビビッてんじゃねえよ」

「ビビるとかじゃなくて、三丁目の警官は達也のこと知ってんだろ。したら、上手くいっても、あとから捕まんじゃん」

「ああ……じゃあどうすんだよ」

「顔、隠してけばいいじゃん、マスクとかで」

「マスクなんかねえだろ」

「ルパンに盗ってきてもらえばいいじゃん」

「また待つのかよ、ダリぃよ」

「俺んちに何個かあんぜ」と言って森木が家からゴリラとゴジラとマイケル・ジャクソンとビートたけしがよくかぶっている髭を生やした変な顔の中国人のマスクを持ってきた。親父が会社の忘年会で使ったのを持ち帰ったらしい。ゴジラとゴリラとマイケル・ジャクソンと中国人で、なんの出し物をしたのかはわからないが、とにかくマスクを四つ確保できた。

　ゴジラが達也、ゴリラが森木、マイケルがワン公、ヒロシが中国人、ルパンは鼻から下をタオルで巻いた。

「せっかくだから、ニックネーム付けようぜ」

警官にウンコ風船をぶつけるだけなので、ニックネームなんて絶対にいらないはずだ。しかしヒロシは映画が好きだったのでギャング映画のようにニックネームで呼び合いたかったのだ。

「いいじゃん」

意外にも、この馬鹿馬鹿しい提案は好評だった。もともと馬鹿な軍団なので馬鹿馬鹿しいことが好きなのだ。

「難しいの付けても忘れるだけだから、基本はマスクのヤツで呼ぼうぜ」

「じゃあ、俺ゴジラな」達也が誇らしげに言った。

「俺はゴリラだ」森木も珍しくノリノリだ。

「じゃあ、俺はジャクソンな」ワン公が嬉しそうに言い、

「普通、マイケルだろ」とヒロシにツッコまれて、

「じゃあ、マイケル」とすぐに訂正した。

「で、俺がビートな」ヒロシは自分に少し似た中国人のマスクを持って、笑顔で言った。

「なんでだよ、中国人だろ」達也がゴジラのマスクの中のニオイを嗅《か》ぎながら言った。

「ビートたけしがかぶってるからビートだろ」つられてヒロシもマスクの中のニオイを嗅いだ。

「なんかお前だけ格好よくねえか」

「俺、どうすんだよ」ルパンが不服そうにタオルを振っている。

「タオルでいいんじゃん」と達也が言うと、

「そのままじゃねえかよ」間髪入れずにルパンが言った。

「ていうか、ルパンがニックネームじゃん」とヒロシがツッコんだ。

「よっしゃ、行こうぜ」

達也が、今度こそ誰も止めるんじゃねえぞといった感じで原チャリを走らせた。

ゴリラとマイケルとタオルで三ケツをした原チャリと、ゴジラとビートで二ケツした原チャリは蛇行しながら並んで走った。そのなんだかよくわからないパレードのせいで、普段は渋滞とは無縁の通りが少しだけ混雑した。

交番の近くに行ってからマスクをかぶってもよかったのだが、五人ともテンションが上がって誰からともなくマスクをかぶっていた。

三丁目の交差点の手前で一旦原チャリを停めると、交番にルパンを偵察に行かせた。

「あいつしかいねえよ」

三丁目の交番には二人の警官が常勤していた。一人は年配の人のよさそうな警官、一人は二十五歳ぐらいの新米で達也いわく「ムカつく奴」だ。

「ムカつく奴か」達也が確認する。

「若いほうだよ」ルパンが答える。

「よっしゃ」達也はカブトムシを見つけた子どものように無邪気に笑った。

「じゃあ風船、配るぜ」ルパンは、ギャングが拳銃を配るような口ぶりで言った。

ウンコ風船は全部で五つあった。ルパンはコンビニのビニール袋からウンコ風船を大事そうに出すと、二ケツの後ろに乗ったヒロシに二つ、三ケツの一番後ろに乗った森木に二つ渡し、自分で一つ持った。

達也の「行くぞ」を合図に交番の目の前に原チャリを付ける。

ビィッビィービィッビィー——。

原チャリのブザーを交番の目の前で鳴らす。するとムカつく警官が出てきた。「なんだお前ら」の「ら」を聞くか聞かないかぐらいで、ヒロシと森木とルパンが、一斉にウンコ風船を投げつけた。

「パシャン」一発は外れて交番の中で破裂した。「パシャン」胸の辺りに命中。「パシャン」思いっ切り顔面に命中。

「ガハッ、何してんだ」

すぐにウンコのニオイが広がる。

「臭っ」警官がウンコのニオイにむせ返る。

爆笑しながらアクセルをまわし二台の原チャリは少し交番から離れる。

「お前ら、ふざけたことしやがって」警官は自転車を反転させ跨ると、思い切りペダルを踏んだ。

ガシャ――ン――。

自転車ごと警官がこける。

「痛っ」

ルパンが偵察に行った時に、自転車の後輪にチェーン鍵をかけておいたのだ。ルパンは自転車のチェーン鍵をどんなタイプでも一分以内に外せる。今回も盗んだチェーン鍵を使った。

「ヒロシ！　俺にも風船貸せ」達也は原チャリをUターンさせながら叫んだ。

「名前で呼ぶなよ」

「ああそうか。なんだっけお前」

「ビートだよ」

達也は原チャリを警官のギリギリ真横まで走らせ、「貸せ」と言って風船を受け取ると転んでいる警官の顔面めがけて思いっ切りウンコ風船を叩きつけた。

「ゲホッ」口の中に入ったのか警官は咳き込んでいる。

「テメエ、調子に乗ってっからこういう目に遭うんだよ」と言って達也が原チャリを走らせようとした時、ヒロシのボンタンを警官がつかんだ。達也は気づかずに原チャリを走らせる。

「うわああ」ヒロシが原チャリのシートからお尻を滑らせて地面に膝から落ちた。

「離せよ、テメエ」ヒロシは膝の痛みも忘れて足をバタバタさせた。

「ただで済むと思うなよ」ウンコまみれの警官が必死でヒロシのボンタンをつかんでいる。

「早く来いよ、ヒロシ」達也が原チャリに乗ったまま振り返り叫んでいる。

「名前で呼ぶなって」ヒロシはつかまれていないほうの足で警官の手を蹴り、逃げようとするが、警官は意地でも手を離さない。ウンコまみれの警官が、蹴られているのに必死でズボンをつかんでくる絵はなかなか恐い。

「クソッ」ヒロシは仕方なくボンタンを脱いで警官から逃れる。落ちた時に打った膝からかなり血が出ていたが、興奮していて痛みは感じない。

そしてパンツ一丁のまま走って達也の原チャリに飛び乗った。

「お前ら、待て」警官は起き上がって、走って追いかけてきた。

達也は警官の走る速さに合わせて原チャリを走らせ、警官との距離を追いつけそうで追いつけない五メートルぐらいで保った。

「ほら、もっと必死で走れよ馬鹿」達也が挑発すると、

「お前ら、待て止まれ、止まれ、こらっ、ボケ！」警官とは思えない口調で叫びながら必死で追いかけてくる。

「止まるわけねえだろ、馬鹿」

「お前ら絶対に捕まえるからな」

「ウンコ警官に捕まるかよ」一同爆笑。

「お前らふざけやがって、マスクなんてかぶったってわかってんだぞ、井口」

爆笑は消え、緊張が走った。

「なんでわかったんだよ」

「やっぱりそうか」

達也が単純な手に引っかかって、正体がバレてしまう。声と背格好でだいたい見当はついていたようだが、カマをかけたらしい。

「なんで応えちゃうんだよ」

ヒロシが達也を責めると、達也はゴジラのマスクを投げ捨てて「めんどくせえんだよ、こんなの」と言ったあと、「そうだよ、俺は井口でこいつは信濃川ヒロシだよ」と続けた。

「なんで俺まで言うんだよ」

ヒロシがそう言うのを無視して、達也は原チャリのスピードを上げた。警官が走るのをあきらめると、ウンコのニオイは遠ざかっていった。


初めて入った取調室は、テレビの「オレたちひょうきん族」の取調べコントで見るのと一緒で、グレーの机にパイプ椅子、グレーのロッカーの上には丸の中に「暴」と書かれたダンボール箱が置かれていた。これで刑事が〽母さんが夜なべをして、と歌いだしたら完全に古いコントだ。

テレビと違うのはコントで見るセットより全然狭いのと、刑事がヤクザのような顔をしているということだ。刑事の全員が全員ヤクザのような顔をしているわけではないだろうが、少年課の江藤はどっからどう見ても小太りのヤクザだった。日焼けなのか飲みすぎで肝臓が悪いのかわからない色黒の肌。角刈りで、眉毛の上からこめかみにかけて五センチぐらいの傷があった。

ヒロシと達也は「ウンコ事件」の容疑で学校帰りに江藤に補導され、パトカーに乗り狛江警察署に連行された。

とにかく「やってねえ」の一点張りで通したが、江藤に警察署の中の柔道場に連れていかれ、散々投げられた。

達也は柔道経験者なので受身がとれるが、ヒロシは受身がとれないので背中が痛くてしょうがなかった。

しょうもない事件なので、大した取調べもなく、現場検証ももちろんなく、少年ということもあって、反省文を書かされ、「今日は親に迎えにきてもらって帰れ」と言われた。

「ちょっと待ってくださいよ。それじゃあこいつら、つけ上がるだけじゃないですか」

ウンコをぶつけられたムカつく警官も狛江警察署にやって来ていた。

もちろん今日はウンコのニオイはしていないが、イメージがウンコ臭かった。

ムカつく警官は「公務執行妨害で立件しましょう」と鼻息が荒かったが、「お前もお前でムキになるんじゃねえよ」と江藤に胸のあたりを軽く小突かれていた。

母親がやって来るのを待ってる間に「一応な」と言って、「信濃川ヒロシ15歳」と書かれたスケッチブックを持たされ、正面、右横、左横と写真を撮られた。さらに十本の指すべての指紋も採られた。

警察に写真と指紋が残るということは自分は前科者になるのだろうか、とヒロシは不安になった。実際のところは起訴もされず、裁判もやっていないのだから前科でもなんでもない。しかし警察で指紋を採られるというのは、十五歳の少年には何か大変なことのような気がした。

電話をかけてから一時間後、母親は中学受験の面接の時にも着ていたちゃんとしたスーツ姿で「すいませんでした」と泣きながら現れた。

私立の中学から転校してきてわずか数週間、猛スピードで不良になっていく息子がついに警察のお世話になったのだ。ただでさえすぐに泣く母親はこれでもかというぐらい涙を流していた。

「何してんの、あんたは。人様に迷惑かけて」

「うるせえな」

「何がうるさいの」

「うるせえからうるせえって言ってんだよ」

ヒロシの母親に対する言葉遣いは、どんどんひどくなってきていた。

「お前は、母親に対してその口のきき方はなんだ、こらっ」

言ってることは少年課の刑事だが、言い方と顔が完全にヤクザだ。

「家庭の問題に口突っ込んでんじゃねえよ」

ヒロシは不良少年らしく、江藤に凄んでみせた。

「口の減らねえガキだな。一日泊まって行くか？　シャブ中のチンピラと相部屋になるけどなあ」江藤は顎をしゃくりながらまくし立てた。

「一日とかケチくせえこと言ってねえで、一週間ぐらい泊めてくれよ。シャブ中でも殺人鬼でもなんでもいいからよ」ヒロシは軽く江藤の物真似を交えながら言い返した。

「お前な、本当にできねえとでも思ってんのか」江藤はこれでもかというぐらい顔を近づけた。タバコとコーヒーで、尋常じゃない口の臭さだ。

「オッサン、胃が悪いんじゃねえの？　口が臭《くせ》えぞ」

「なんだと、糞ガキ」江藤は母親がいることを完全に忘れて怒鳴った。

「オッサンの口のニオイは罪にならねえのかよ。頼むから自首してくれよ」

「お前、また柔道場で投げられたいのか」

ドンドンドン——。

「ヒロシ、もっと言ってやれよ」

隣の取調室にいる達也が、壁を叩きながら叫んだ。

「黙れ井口、こらっ、お前は大人しく待っとけ」

　ドン——江藤が壁を蹴っ飛ばす。

「うるせえ、馬鹿」

　ドン——達也が壁を蹴り返す。

　達也の母親は、今日は仕事で夜遅くにならないと迎えにこられない。警察は自宅にいた父親にも「迎えにこい」と言ったのだが、「めんどくさい」と言って来なかったらしい。

「お母さん、悪いことは言わないから、息子さんと井口をつき合わせないほうがいい」

「私もそう言ってるんですけど、なかなか言うことを聞かないもんですから」

　母親は今にも崩れ落ちそうなぐらいに泣いていた。

「大人がそうやって、誰とつき合わないほうがいいとかって言ってっから非行がなくならねえんじゃねえのか」ヒロシが口を挟む。

「お前が言うな」

　江藤はあきれた顔をした。

「お願いだからやめてちょうだい」

　母親がついに膝をつき、まさに泣き崩れた。

「お母さん、今日はとにかく、ヒロシ君を家に連れて帰って、二度とこういうことがないように言って聞かせてやってください」

「はい、すいません」

「なんかあったら相談に乗りますからね」

江藤は名刺を出して母親に渡した。

刑事は警察手帳以外に名刺も持ってるんだ、とヒロシは変なことに感心した。当たり前のことだが、ヒロシにとってはなんだか意外だった。

「まあ、相談に乗るようなことがないに越したことないんですけどね」と言って江藤はヒロシの髪の毛をクシャクシャと撫でまわす。

「やめろよ、気持ち悪い」

江藤の手を振りほどき「もう帰っていいんだろ」と言って取調室を出ていった。

「本当にすみませんでした」

母親は泣きすぎで化粧もグッショグッショだった。

「もう今日はいいですから帰ってください。お疲れ様です」

「本当にすみませんでした」もう一度そう言うと母親は深々とお辞儀をして、自分も廊下に出た。

「達也、先に帰ってっから」ヒロシは隣の取調室を勝手に開けて達也に手を振っている。

「夜、電話するわっ」達也が電話のジェスチャーで答える。

「勝手に喋ってんじゃねえぞ」江藤が取調室から顔を出して怒鳴った。

「じゃあな」

「おう」

ヒロシと母親は狛江警察署をあとにした。

その日の夜中、達也からの電話を母親が切ろうとしているのをもぎ取り「今から行くわっ」と言って、母親が泣いているのを背中で感じつつ窓から外に出た。

家の近所で、ルパンに習った通りにマイナスドライバー一本で原チャリを盗むと、達也との待ち合わせ場所のコンビニに行った。達也はコンビニの前でタバコを吸いながらカップラーメンを食べて待っていた。

「うぃっす」

「タバコかラーメンかどっちかにしろよ」

ヒロシは〝食事はゆっくり食べたい派〟だったので、達也の〝タバコを吸いながらカップラーメンを食べる〟という荒業が信じられなかった。

「これがウメエんだよ」達也はタバコの煙を吐きながら答えた。

「考えらんねえよ」ヒロシは思ったままを口にした。

「ムカつくわあ。江藤」達也が不意に思い出したように江藤の名前を口にした。

「まだ背中痛えよ」ヒロシは自分の背中をさすりながら言ったが、本当は達也と喧嘩した時のケガの痛みもまだ残っていた。

「受身とらねえからだよ」口にラーメンが残っているのにタバコを吸い込む。

「受身なんか知らねえもん」苦笑いで答えた。

「ずうう〜、あーっ」

汁をうまそうにすする達也を見ていたら、ヒロシもほしくなった。

「一口ちょうだい」

「いいよ」

「ずうう〜、あーっ」

日清のカップヌードル醬油味の汁は、高級中華スープより絶対にうまいと思い、なんとなく平和な気分を味わっていた。

「ジャンプ読もうぜ」

「おう」

中に入って雑誌売り場に向かう。雑誌売り場の目の前はガラス張りだ。ヒロシはジャンプを持つと、広げる前になんとなく外を見た。ぼんやり人影が見えた。人影はこっちに向かってやってくる。徐々に人影は二人三人と増えていく。

人影は六人にまで増えた。そしてコンビニの明かりが人影の正体をハッキリと照らし出した。

人影の正体は見るからに、自分たちより数の多い不良だ。

「チェッ」横で達也が舌打ちした。

ガラスの前で自分たちより人数の多い不良が喜んでいる。

「井口じゃねえかよ」

彼らは達也を見つけて喜んでいるようだった。

「やっと見つけたぞ」「ラッキー」「行こうぜ」

自分たちより数の多い不良は、達也を見つけた喜びをそれぞれ口にしながら入り口に向かって歩きだした。

「知ってる奴ら？」雰囲気から、こいつらが達也と仲良くないということには気づいていたが、ヒロシは予想が外れてくれと願っていた。

「知ってるよ、調布東中の奴ら」達也はジャンプから目を離さずに答えた。

「敵？　味方？」味方であってくれという希望を込めて聞いてみた。

「モロ敵」達也がそう言うと、ヒロシは四コマ漫画のオチのように肩を落とした。

自分より人数の多い不良との対決は、不良界でもかなりの上級者向けで、にわか不良のヒロシには荷が重かった。もうちょっと段階を経てから臨みたいステージだった。

「井口君、こんばんわっ」先頭で入ってきたニキビ面の男がニヤケながら言った。

達也は無視してジャンプを見つめている。もちろん読んでなんかいないはずだ。

「シカトこいてんじゃねえぞ、こらっ」ニキビ面はヒロシのすぐ横に立って言った。

達也は動かない。

「おいおい、狛江北中の有名な井口君がビビッて口もきけねえってか」

ヒロシ側に三人、達也側に三人、完全に挟み込まれた。ヒロシは頼みの綱の達也が何も言わないのが不安でしょうがない。

「嘘でしょ、ビビッてないよね、達也君」と聞きたいところをグッとこらえた。

「なんとか言えよ」達也側にいた三人のうちの明らかに喧嘩の弱そうな奴が達也のジャンプを取り上げた。

「おい、ドラゴンボール読んでんだからよ、邪魔すんじゃねえよ」

達也がやっと声を出した。達也のいつも通りの強気な態度を見て、ヒロシはほんのちょっとだけ安心した。

「悪いけど、今日はドラゴンボールあきらめてくんねえかな」ニキビ面が棚に置かれたジャンプを叩いた。

「やだね」達也が新たに棚からジャンプを取って広げる。

「テメエ、ナメてんじゃねえぞ」弱そうな奴が取り上げる。

「達也、テメエ、俺らの仲間やってくれたな」

ニキビ面の発言のおかげで、なぜ自分たちがこういう状況にあるのかヒロシは把握した。

短い台詞だがとてもわかりやすかった。

「ちょっと、つき合ってくれよ」ニキビ面が凄む。

「なんで」達也はとぼけた顔をした。

「敵討《かたきう》ちしたいんだよね」ニキビ面がヒロシと達也の間に入ってきた。

「喧嘩ってこと？」達也がわかりきったことをわざわざ聞く。

「そうだよ」ニキビ面が目を見開いてそう答えた。

ヒロシの口から思わず溜息がもれそうになった。まだ達也との喧嘩の傷も癒えてないのに、六対二で喧嘩なんてしようもんなら、今度は歯が何本折れるかわかったもんじゃない。

「じゃあここでやればいいじゃん」達也は相変わらず強気だった。さっきはほんのちょっと心強く感じた達也の強気な発言も、今は控えてほしいとヒロシは思った。

「ここでやったら警察くんだろ」

ニキビ面は達也とヒロシをどこか別の場所でゆっくりとぶっ飛ばしたいらしい。

「知らねえよ」達也はもちろん行く気がない。

「いいから、来いよ」

「やだ」

「来いっつってんだろ」

「やだ」

「テメエ、来いよ、こらっ」

「やだ」

達也は子どものように「やだ」しか言わない。

「テメエ、ビビッてんじゃねえぞ」

「ビビッてんじゃねえよ、ここでやればいいっつってんだよ。なあヒロシ」

絶対にほしくないところでパスが来た。

「テメエ、誰だよ」

火の粉が思いっ切り飛んでくる。

「俺は俺だよ」

ここで退いたら、敵にも達也にもナメられると思ったヒロシは、無理やり自分のエンジンをかけた。

「お前からも言ってやってくれよ。そしたらお前は見逃してやるからよ」ニキビ面は完全に達也からヒロシに向き直っていた。

「誰が見逃してくれって頼んだよ、ここで喧嘩しようぜって話だろ」

「テメエもか、おいっ」

「大声出すなよ、お前らがビビッてるお巡りさん呼ばれちゃうぞ」

「ナメてんのか、テメエ」

「ナメてないわけないじゃん」ヒロシは頑張って微笑《ほほえ》みながら続けた。「六対二だよ、六対二。絶対勝てるのにコンビニの中だとマッポ来るから喧嘩できねえんだろ。そりゃあナメるでしょ」

ヒロシも調子に乗りだした。ヒロシは喋りだすと調子が出るタイプだった。しかもここまで言われてもこいつらが何もしないってことは、コンビニから出なければ絶対に安全だとヒロシは思った。

「じゃあ、ここでやってみろ、こらっ」と叫んだニキビ面の顔の横から腕が飛び出してきた。

「やってやるよ」

達也の腕だった。達也は腕をそのまま首に巻きつけ、もう一方の腕をガッチリとつかみチョークスリーパーを決めると思いっ切り締め上げた。

「はなっ、せっ、うっ……」

ニキビ面の顔はみるみる赤くなる。目が充血して、ニキビが噴き出しそうになっている。

「テメエ、離せ」ニキビ面の仲間が騒ぐ。

「おらっ」ニキビ面の仲間の一人が達也の脇腹に蹴りを入れたが達也は効いていない様子で、かまわずニキビ面を振りまわし、「ヒロシやれ」と言った。

結局ここでやるのかよ、と思いながら一番近くにいる奴の顔面を思いっ切り殴った。ヒロシはノーマークだったようで、簡単にパンチが入った。

達也がニキビ面を放り投げると、ニキビ面はうずくまり咳き込む。その顔面に達也必殺のサッカーボールキックが直撃した。ヒロシは一番弱そうな奴を見つけて金玉をキック。

達也は出口側に向き直るとすぐ近くにいた奴の襟をつかんで、これまた達也必殺の大外刈り。投げた勢いのままレジのほうまで行き、ヒロシに「行くぞ」と言ってコンビニを出た。

ヒロシが慌ててレジの前まで行くと、「待て、こら！」完全に不意をつかれた調布東中の面々が体勢を立て直して追いかけてこようとしたので、ヒロシはレジの前に置いてあった「なんちゃらフェア」の台を持ち上げて投げつけた。そこにタイミングよく達也がコンビニの入り口に原チャリのケツを半分突っ込んできたので、その後ろに飛び乗り、ニキビ面に向かって「お巡りさん来ちゃうから早く逃げろよ、バーーカ」と言った。

言い終わるのを待っていたかのように達也がアクセルをまわし、コンビニから走り去った。

昼間ゴジラ、ゴリラ、マイケル、ビート、ルパンでパレードをした道を逆向きに走る。緊張と興奮が冷めず、ヒロシの手は震えていた。前に乗っている達也に震えていることがバレないように、原チャリのシートの後ろをしっかりと握り締めた。

達也の運転はとても荒くカーブの時、体ごと思いっ切り倒して曲がるので、そのたびに原チャリの車体の底が地面にすれて、バリバリ、バリバリと音を立てた。

五回ぐらい「バリバリ」を聞くと、二十四時間開いているコインランドリーの前で原チャリを停め、中に入った。

ど真ん中に置かれた木のベンチシートに、二人は胡坐《あぐら》をかいた。

「タバコ一本ちょうだい」ヒロシは自分のポケットからタバコの空き箱を出して、クシャクシャとひねり潰しながら言った。

「俺も二本しかねえよ」達也は一本を口にくわえ一本をヒロシに渡すと、空き箱をクシャクシャとひねり潰す。ヒロシがジッポライターを出すと、二人は顔を近づけて火をつけ
「ふうーっ」と同時に煙を吐き出した。

「見たかよあいつの顔」達也が笑う。

「見たよ、ニキビ潰れそうだったぜ」ヒロシも笑う。

「思いっ切り、キメてやったよ」

「死にそうな顔してたぜ」

「ナメた口きいてっからだよ」

「でもさあ、なんであいつら達也のこと狙ってんだよ」

「ワン公がキレて俺もキレてボコボコにしたんだよ」

達也は説明がとにかくヘタだった。

「へえ」とりあえずわかったふりをした。

それから一時間ほど二人は「顔にモロ入ったぜ」「思いっ切り蹴ったからな」「アルバイ

トの奴、レジの下で震えてたぜ」など喧嘩の報告会をして「西中の妙子って奴、超ヤリマンだぜ」と、いつの間にかエロ話になったところでヒロシがあくびをすると、まだ達也は喋り足りないのか「今日、うちに泊まれよ」と言った。ヒロシはあの狭い家のどこで寝るんだよと思いながら、「いいよ」と答えた。

「じゃあそろそろガソリンなくなってきたから、入れてから帰るか」達也はそう言って立ち上がると、洗濯機に付いているホースを一本外した。

二人は原チャリに乗って町工場の前に停めてある軽トラックの前でエンジンを切った。

達也が軽トラックのガソリンタンクの蓋を外した。ヒロシは原チャリのガソリンタンクの蓋を開ける。達也がホースの先を軽トラのガソリンタンクに差し込み、ヒロシがホースの反対側を思いっ切り吸い込む。ガソリンが少し口に入ったらすぐに吐き出し、ホースの先を低くするとガソリンがあふれ出てくる。これを原チャリのガソリンタンクに差し込めば給油開始だ。理科の授業は受けてなくてもこれぐらいの物理の応用はなんてことないのだ。

軽トラには思ったよりガソリンが入っていなかったようで原チャリのタンクの半分ほどしか入れることができなかった。

「ちぇ、シケてんな」達也はそう言って、ズボンの後ろに差していた三〇センチほどの鉄パイプをスッと出し、ガッシャン！　軽トラのフロントガラスを叩き割って笑った。

鉄パイプはいつも持ち歩いている達也の武器だ。

「なんで警棒じゃないの？」

ヒロシの中で不良の武器といえば『ビー・バップ～』のトオルが持っている飛び出し式の三段警棒だった。

「警棒は肩とかに当たると、すぐに折れんだよ」と達也は言って、今度はサイドミラーを叩き割った。ヒロシは根元から折れて飛んでいくサイドミラーを見て、警棒は折れるんだと思ったのと同時に、こいつは警棒で何回か人を殴ってるんだと思ってちょっとビビッた。

ガソリンの味で口が苦くなったのでポカリスエットでうがいをして、達也の家に向かって走りだした。大通りから団地の敷地内に入って、五棟分真っ直ぐ進み、左に曲がって今度は横に一棟分行くと達也の家がある。その最後の角を曲がろうとした時に、達也がブレーキをかけエンジンを切った。

「どうしたんだよ」クタクタだったヒロシは早く休みたかった。

「声が聞こえんだろ」達也が原チャリに乗ったまま足で地面を蹴って、端に寄せながら言った。

「出てこいよ、井口」

確かに達也の家のほうから声が聞こえてくる。

刑事ドラマで尾行の時にするように壁から顔を半分だけ出して覗いてみた。すると、暗くてよくはわからないが、おそらくさっきのニキビ面とその仲間たちが達也の家の前で叫んでいた。ニキビ面は日本刀らしきものを振りまわしていた。

「あれ、日本刀じゃねえの？」ヒロシが言うと、

「偽物だよ、あいつ、いっつも親父の模擬刀持ち出すんだよ」

「模擬刀って何よ？」

「刃が切れないんだよ」

「切れないだけだろ。危ねえのは危ねえんじゃねえの？」

「あんなもん大丈夫だよ」と言って達也は鉄パイプを取り出した。

「いや、日本刀相手に、それは短すぎでしょ」とヒロシが言うと、

「長さじゃねえんだよ、気合だよ」

「気合じゃないでしょ、長さでしょ」

「気合だよ、要は思いっ切りぶっ叩けるかってことなんだよ。日本刀なんて、殺しちゃったらどうしようって逆に振りまわせねえだろ」

確かにそれは一理あるかもしれないけど、やっぱりヒロシは日本刀との対決は避けたか

った。

「にしてもさ、今日はうちに泊まろうぜ」

「今日の喧嘩は今日中にやんだよ」

「べつに喧嘩に今日のとか明日のとかねえだろ」

「ビビッてんじゃねえよ、行くぞ」

「待てよ、俺、武器なしかよ」

「チェ、うるせえな」達也は原チャリから降りるとシートの鍵を鉄パイプで叩いて壊し、中からメットを取り出した。「これ持って行けよ」

原チャリの持ち主は女の子だったらしく、ピンクの半帽タイプで横に「LOVE」とかわいい文字のシールが貼られていた。

「大丈夫かよ、ピンクだぞ」ヒロシが不満そうに言うと、

「色じゃねえだろ」と言って達也はメットをヒロシに押しつけ、さらに続けた。

「俺が後ろから日本刀持ってる奴の頭殴るから、お前は正面から日本刀叩き落とせ」

「俺、正面かよ」

「じゃあ、お前頭殴れるのかよ」

「いや、無理かもしんねえけど」

メットは頭を殴るものではなく、かぶるものだ。

「じゃあ、やれよビート」

「もう、その名前いいよ」

二人は原チャリを置いて達也の家の裏にまわり込んだ。

「よし、行くぞ」と言うと達也は植え込みの中に腹這《ば》いになり、匍匐《ほふく》前進を始めた。

中学生同士の喧嘩でまさかの匍匐前進だ。ヒロシは〝戦争じゃねえんだから〟と思いながら自分も腹這いになる。服が汚れるのが嫌で、様にならない匍匐前進を始めた。

ニキビ面軍団の真後ろまで進むと、奴らはコンビニの時より二人増えて八人になっていた。ヒロシは〝増えてんじゃねえかよ〟と思い、また嫌になる。

「おらっ、出てこいよ、井口」「ビビッてんじゃねえぞ」「殺すぞ」

ニキビ面軍団は人数こそ増えたが、ボキャブラリーは乏しいらしく、同じような台詞を何回も繰り返し叫んでいた。

その時、団地の中から「うるせえぞ」と叫び声が聞こえ、パンチパーマでトランクス一丁のオッサンが現れた。オッサンには胸から背中にかけて刺青《いれずみ》が入っていた。

「人が寝てんのに、うるせえぞ！　テメエら」達也の親父だった。「殺すぞ、糞ガキども」手には達也の弟の金属バットを握っている。

「なんだよ、オッサン」

ニキビ面軍団は達也の親父の風貌と金属バットに完全にビビッていた。ヤクザだと思ったのかもしれない。ヒロシも達也の親父に刺青が入っていることに驚いた。

「こらっ、糞ガキ！　日本刀で何するつもりだ、こらっ」親父がバットで地面を叩く。

ニキビ面は日本刀を持ったままうつむいた。

「しゃああ」達也が小さい声で気合を入れると植え込みから飛び出した。ヒロシも慌てて、あとを追いかける。

ニキビ面軍団の何人かが気がついて振り返ったが、達也は脇目も振らずに一直線に日本刀を持ったニキビ面に向かって走る。

一〇〇メートルを十一秒台で走る達也は、あっという間にニキビ面の後ろにたどり着いた。

「後ろ！」仲間の声で振り返ったニキビ面の額を、達也が思いっ切り鉄パイプで殴る。

「ぐあああ」ニキビ面が額を押さえると指の間から凄い量の血が湧き出てきた。

「だらああ！」ヒロシが作戦通り、ニキビ面の日本刀を持った手をピンクのＬＯＶＥメットで殴ると、ニキビ面は日本刀を落とした。

落ちた日本刀を達也が素早く拾い上げ、遠くに投げ飛ばす。拾いにいこうとしたチビの肩口を鉄パイプで引っぱたき、「うわっ」とうずくまったチビの額を鉄パイプで殴り、下を向いた瞬間に顔面を蹴り上げた。

喧嘩のレベルが高すぎて、ヒロシは自分が何をしていいのかわからず、達也が暴れるのをただ見ていた。するとニキビ面軍団の一人に足を蹴られ、バランスを崩したのを皮切りに三人が一斉に襲いかかってきた。

一人が顔面を殴るとすぐにもう一人が腹を蹴り、もう一人が背中を蹴ると最初に顔面を殴った奴がまた顔面を殴る。ヒロシは無我夢中で、顔面を殴った奴の額をＬＯＶＥメットで殴りつけた。

「があぁ」殴られた男の額が割れて血が噴き出し、膝から崩れ落ちた。初めて人の頭を硬いもので殴った。

ゼェゼェと呼吸が荒くなり、メットと男を交互に見た。

ヒロシに攻撃をしかけていた他の二人も仲間の血を見て動きが止まった。

すると二人の後ろから「こらっ」と達也の親父が現れ、次の瞬間「うおりゃ」と叫びながらバットを振った。

ドスンと鈍い音が聞こえ、ヒロシを襲っていた男のうちの一人があばらを押さえて倒れた。達也の親父はもう一度「うりゃ」と言うと、もう一人の顔面めがけバットを振ったが、ガードした両腕に当たった。ガードといっても素手とバットだ。その男も「ぐぁあ」と言って膝をつき痛がっている。達也の親父は助走をつけてその男の顔面を蹴っ飛ばした。

「達也の顔面キックは親父譲りだったのか」とヒロシは変な感心をした。

「やめてくれ」

後ろから悲鳴のような声が聞こえ振り返ってみると、達也がニキビ面軍団の一人の髪をつかみ鉄パイプで顔面を連打していた。殴られていた男が達也に抱きつきながらズルズルと倒れていった。気がつくとニキビ面軍団はほぼ全滅していた。

ヒロシは井口親子を見て〝なんだなんだこの親子は〟と思っていた。子どもの喧嘩に親が口を出すっていうのは聞いたことはあるが、子どもの喧嘩に親が参加してバットを振りまわすなんて聞いたことがない。

「テメエ、達也、何してんだ」

周囲の敵がおとなしくなると、親父は達也に詰め寄った。

「知らねえよ」達也が新しいタバコの封を切りながら答える。

「知らねえじゃねえんだよ、糞ガキ、人が寝てんのに起こしやがって。うるせえから、うちのそばで喧嘩すんじゃねえ」

どうやら親父は達也のためではなく、眠りを妨げられたから暴れたらしい。

「うるせえんだよ、テメエはよ」達也も助けてもらったとは思ってない。

「オメエも、やってやんぞ」親父がバットを振り上げる。

「なんだ、こらっ」達也が鉄パイプを振ってみせる。

だからなんなんだよ、この親子は、とヒロシは嫌になった。

ブーン、キキー——その時、車が突然現れ、ヘッドライトがヒロシたちを照らす。光に反応して倒れていたニキビ面軍団もモゾモゾと動きはじめた。石の下にいる団子虫が、石をどかされて動きだしたかのようだ。

ガシャン、バタン——車の中から出てきたのは江藤と少年課の刑事たち数人だった。

「お前ら何してるんだ」江藤が駆け寄る。

「ヤベエ、逃げろ」

達也とヒロシが車とは反対側に逃げようとすると、達也の親父も一緒になって逃げてきた。中学生に混じってトランクス一丁のオッサンが走る。しかも追っ手は少年課の刑事だ。

ファンファンファンファン——。

目の前にパトカーが現れ、中から警官が三人降りてきた。三人は急ブレーキで植え込みのほうに逃げ込もうとしたが、もう一台パトカーが現れ、警官の数が増える。ラグビーの選手のように警官をよけて逃げまわる。

「うわっ」

達也の親父がこけると江藤が駆け寄り、腕を取って背中にまわした。傍目《はため》にはヤクザとヤクザの喧嘩に見えるが、れっきとした逮捕劇だった。

続いてヒロシと達也が捕まり、「ウンコ事件」で補導されてからわずか十二時間ほどで警察へ逆戻りとなった。

母親は昼間と同じ服で、泣きながら警察署に現れた。

「じゃあ、帰るね」

「トロトロしてねえで早く帰れよ」

「なんで、そういう言い方すんの」

「いいから帰れよ」

ふすまの向こうからミユキと達也の会話が聞こえてくる。

達也からの電話で呼び出されたヒロシは、十分ほど前に到着して玄関でミユキと達也のセックスが終わるのを待っていた。

玄関にいたといっても真ん前が達也の部屋で、ふすま一枚向こうからミユキの「アーンアーン」という中学生とは思えない喘《あえ》ぎ声が聞こえてきていた。一応マガジンを開いていたが、まったく内容は頭に入ってこなかった。ギンギンになったチンコにマガジンが当たって気持ちよかった。

「帰るね、ヒロシ」

ふすまが開いてミユキが出てきた。ポケットに手を入れて、チンコが勃っているのがバレないように手で押さえた。

「もう帰るの」ヒロシはさっきまでセックスをしていたミユキがナマナマしく見えてドキドキしていた。

「うん。達也が帰れってさ」ミユキはうつむいてそう答えた。

「気をつけて帰れよ」

「優しいね、ヒロシは」

「そんなことねえよ」

超嬉しかった。

「早く帰れよ」達也が部屋から顔を覗かせる。

「わかってるよ」ミユキは達也を睨《にら》んでそう言うと、リビングで横になってテレビを見ながら競馬新聞を広げている達也の親父にも「お邪魔しました」と挨拶をした。

親父は上半身だけ起き上がると「おう、ミユキちゃん、今度俺にもヤらしてくれよ」と中学三年生の女の子に対して考えられない下ネタを炸裂させた。

ミユキは、そんな下ネタに対して「千円くれたらいいですよ」と笑顔で答えて、玄関から出ていった。

「安いな、ヒロシ。お前もヤらせてもらえよ。おごってやるぞ」と言いながらまた寝転んだ。

「テメエ、どっか出かけろよ。っていうか働けよ」達也が親父に怒鳴る。

「うるせえ」

「ニキビ面軍団抗争事件」は、警察に連行こそされたが事件にはされず、今回も江藤に投げ飛ばされ、一晩泊まってヒロシと達也は釈放された。達也の親父も留置所に入れられ取調べを受けていたが、結局はお咎《とが》めなしで三日後に釈放された。警察側は無難に、喧嘩両成敗ということでこの事件をまとめたのだ。

その後も調布東中のニキビ面軍団との抗争は続いていた。

「入れよ」

達也に言われて部屋に入ると、ミユキの香りがした。

ミユキは一応達也の彼女ということだったが、達也の態度はとてもミユキのことを好きだとは思えなかった。いつも冷たく雑に扱っていた。

ヒロシはそんなミユキに同情してるうちに好きになっていた。私立には決していなかったワルそうな娘――栗色の髪の毛、整えた眉毛、薄く引いた口紅、小さい顔、大きな目、長い睫毛《まつげ》、長めのスカート、すべてが魅力的に思えた。そして友人の彼女という越えられない壁――好きになる条件はすべて揃っていた。

しかも処女じゃない。ヒロシにとって処女じゃない女の子は大人に見えて、オッサン風に言えば「たまらなくセクシー」に感じた。

「座れよ」達也はそう言うと弟の勉強机とセットになっている椅子に座った。

ヒロシはさっきまでミユキと達也がセックスをしていたベッドに座る。ベッドにはまだミユキと達也のセックスのぬくもりが残っていて、ヒロシはそのぬくもりをお尻で感じて少し寂しい気持ちと、エロい気持ちの入り混じった「エロ寂しい」気持ちになった。

「あいつ、ウゼエよな」達也がタバコに火をつける。

「そんなことねえだろ」ヒロシもタバコに火をつける。

「ウゼエだろ、セックスしたら帰れっつうんだよ」

「もうちょっと一緒にいてやれよ」

「女といてもやることねえだろ」

「かわいそうだろ」

「かわいそうじゃねえだろ」

達也はミユキ以外の女ともセックスをしている。中三なのにだ。

ヒロシは童貞だった。前の学校でジッポライターの彼女と途中まではしたことがあったが、パンツを脱がしたあたりから緊張してチンコが勃たず、最後までできなかったのだ。

ヒロシは見栄を張って同級生にも彼女にも「自分は童貞じゃない」と嘘をついていたので、素直に「緊張してチンコが勃たないんだ」とは言えず、「中学生のうちにセックスするとヤリマンになるらしいぜ」とエロ本で読んだ本当か嘘かわからない適当なことを言って誤魔化したのだ。

とにかくヒロシは童貞だった。

だから納得がいかない。自分のほうがつき合ったら絶対に優しいのに、なんでこんなひどい男とつき合うんだ。というかなんでみんな達也にヤラせるんだ。達也は不良にも真面目な娘にもモテる。ヤリマンでも処女でも達也に抱かれる。なんでだ。こいつが悪い奴だっていうのはわかるだろ、なんで自分じゃなくてこいつなんだ。

本当はヒロシにもわかっていた。かわいらしい顔をしているのに不良で強気なところ。いつもは冷たいのに、たまに見せる優しい笑顔と言葉。達也はギャップがあるからモテるのだ。

女の子にとってはヒロシの子どもっぽくて押しつけがましい優しさよりも、自分勝手で悪い達也のほうが断然魅力的なのだ。

「あいつさ、オッパイちっちぇえんだよ」

聞きたくない情報だった。好きな人のオッパイの大きさは第三者から聞きたくないものだ。それでも思わず想像してしまう。ヒロシは小さかろうが大きかろうがオッパイが大好きだった。

「やめろよ、そういうこと言うの」

ヒロシは思わず、優等生みたいなことを言ってしまう。

「なんだ、お前」

達也は釈然としない顔をしている。それもそのハズ、ヒロシは下ネタ大好きで、いつもだったら達也以上に下ネタを飛ばしている。それが「やめろよ、そういうこと言うの」だなんて、おかしいと思って当然だ。

「いいからちょっと指のニオイ嗅いでみろよ、まだマンコのニオイするから」

達也は父親譲りの下品な下ネタで、ヒロシのいつもの調子を引き出そうとする。

「やめろよ」と口では言いながら、思わず嗅いでしまう。無臭だった。なんのニオイもしなかった。それでもこれがミユキのニオイなんだと思い、また「エロ寂しい」気持ちになった。

「出かけようぜ」

ヒロシはこれ以上達也の「ミユキ下ネタ」を聞くのがつらかったし、このセックスのぬくもり漂う部屋から出たかった。

「お前なんかおかしくねえか」達也が膝に肘をついて身を乗り出して聞いてきた。

「べつにおかしくねえだろ」ヒロシは達也から逃れるように後ろに手をついて答えた。

「お前さあ、ミユキのこと好きなんじゃねえの？」

いきなりの図星だった。達也はとてもアホだったが直感だけは鋭かった。

「べつに好きじゃねえよ」

「好きなんだろ。だっておかしいじゃん、さっきから」

達也は自分の彼女を好きになられたことに腹を立ててはいない様子だった。むしろ嬉しそうにしていた。

「好きじゃねえよ、普通だよ」

「普通ってなんだよ」

「好きでも嫌いでもねえってことだよ」

「あのさ、俺はあいつのことなんとも思ってねえから、お前さ、つき合っちゃえば」

「えっ……」思わず、止まってしまった。混乱した。頭の中がグチャグチャになった。

達也はミユキを好きじゃない。

ならばミユキとつき合うことができるかもしれない。でもミユキは達也にふられることになる。そしたらミユキは傷つく。それはミユキがかわいそうだ。でも傷ついたミユキに優しい言葉をかければ、つき合える可能性はさらに上がるかもしれない。

最低だ――。

好きな女の子の心の隙間につけ入ろうとしたのだ。しかも一瞬だけミユキとのセックスの想像をしていた。最低だ。

「おい、何黙ってんだよ」達也がニヤニヤとからかうような顔をして言った。

「お前さ、そんなこと言うなよ。ミユキはお前のことを好きなんだろ。そういうこと言うの最低だぞ」

最低の矛先を達也に押しつけた。

「でもミユキ、お前のこと、ちょっと好きかもって言ってたぞ」

「マジかよ」思わず声が弾んでしまった。

最低かもしれない。でも超嬉しい。本音が思いっ切り声のトーンに出てしまった。これは誤魔化しがきかない。完全に「自分はミユキのことが好きだ」と言ってるようなもんだ。

「好きなんじゃん」

達也はボロを出してしまったヒロシのリアクションに対して満足そうな顔をすると、背もたれに寄りかかった。

「でも、ミユキはお前のことが好きなんだからさ」

ヒロシが好きかどうかよりも、問題はお前だろという感じでヒロシは言った。

「俺、新しく女できたんだよ。高校生のDカップな」

うらやましいと思ったが、同時にヒロシはムカついた。こいつは俺の好きな女とつき合いながら新しい女までつくっている。ミユキを傷つけた上に女子高生のDカップを揉んでいる。

Dカップといえば、最高の巨乳だ。

ミユキがかわいそうだし、巨乳はうらやましい。そんなことをヒロシが考えていると、達也はさらに続けた。

「だから俺はどっちみち別れるから、お前、つき合えば？　そのほうが俺もミユキと別れやすいからさ」

本当にこいつはひどい奴だと思いながらも、これで友達の彼女という問題はクリアだ、とも思った。それなら自分がつき合ってもいいんじゃないかと思いはじめていた。

どっちみち達也はミユキに別れを告げる。ミユキは絶対に傷つく。ならば自分が慰めてあげるのが一番いいじゃないかと、自分にとって都合のいいほうに考えが進んでいく。

そしてまた、ちょっとだけミユキとのセックスを想像してチンコが勃ってきた。

達也にバレないようにポケットの中でチンコを握ると、先っぽが濡れていた。

「どうするよ？」

ヒロシはあくびをしながら言った。

その日ヒロシと達也は「めんどくせえから、バックレようぜ」という一般社会では絶対に通用しない理由で学校を休んでいた。

学校に行かないと、それはそれで暇なもので、家の近所の駄菓子屋で時間を潰すのにも限界がきていた。

「俺がおごるから、ファミレス行くか」

ヒロシは自分の耳を疑った。

リーズナブルなファミリーレストランとはいえ、お金のない中学生にとってはなかなかの贅沢で、パチンコで勝った時や、カツアゲに成功した時にしか行けないのだ。

だからファミレスは「溜り場Aランク」の、ちょっと特別な場所だった。

それをいつもは自分のお金を絶対に使わない達也がおごると言ったのだ。

「マジかよ」ファミレスと聞いてヒロシのテンションが上がりはじめていた。

「昨日、ババアの財布から一万盗んだんだよ」

ババアとは達也のオフクロのことだ。

達也は人懐《ひとなつ》っこい笑顔でヒロシを見て「好きなもん食っていいからよ」と言った。

「よっしゃー！」ヒロシはガッツポーズで答えた。

ファミレスに着くと店員に案内されて窓際の席に座った。

二人は革靴を脱いで片足をソファーに乗っける。両腕を背もたれに思いっ切り広げる。これがファミレスでの基本姿勢だった。

達也はメニューにサッと目を通すと「俺、決まった」と言ってヒロシにメニューを渡し、「好きなもん頼めよ」と少し誇らしげにタバコに火をつけた。

ヒロシは今日の達也は一味違うな、と思った。

「おい」達也は大きな声で従業員を呼んだ。

やってきたのは、制服の似合わないオバさんウエイトレスで、行儀の悪い中学生のお客様に「ご注文でしょうか」と丁寧な言葉で聞いた。

「俺は、Aセット」達也が胸を張って、くわえタバコで注文した。

「おお、Aセットかよ」ヒロシは少し尊敬の眼差《まなざ》しで達也を見た。

Aセットとはハンバーグ、エビフライ、サラダ、スープ、パンorライスの、中学生にとっては「究極の豪華セット」だった。

「俺もAセットでいいかな？」

「おう、頼めよ」

「マジかよ！　じゃあAセットで」ヒロシのテンションは上がりきっていた。

　これが大人に連れてきてもらったのなら、そんなに嬉しくない。中学生二人でAセットを頼むのが凄く大人な気がして嬉しいのだ。「どうだ！　中学生なのにAセットを頼めるほどお金を持っているんだぞ」という気持ちになって鼻が高かった。

　Aセットがやってくると、達也はエビフライをライスの皿に移し、ハンバーグを一口サイズに切り分けると、その上にタバスコを一瓶まるまるかけた。

　タバスコのすっぱいニオイがハンバーグを乗せている鉄板の熱で広がった。ヒロシはタバスコのニオイにむせながら言った。

「何してんだよ」

「馬鹿、これがウメエんだよ」達也はタバスコの滴る肉を食べながら幸せそうに答え、タバコに火をつけた。左手にタバコ、右手にフォークを持ちながら、タバスコまみれのハンバーグを口に入れてはタバコを吸った。

　いったいどういう育ち方をしたらこういう飯の食い方ができるのか、ヒロシは不思議でしょうがなかったが、親父のガサツさを思い出し納得した。

　二人はあっという間にAセットをたいらげ、ドリンクを飲みつつ一時間ほど会話を楽しんだ。

「そろそろ、出ねえ？」

ヒロシは楊枝をくわえながら幸せそうな顔で言った。

「いいけど、俺金持ってねえよ」

「はあ？」ヒロシのくわえていた楊枝が落ちた。「金、持ってねえってなんだよ」

「持ってねえから、持ってねえっつってんだよ」

ヒロシはわけがわからなかった。おごると誇らしげに言っていた達也が、今度はお金を持ってないと言っているのだ。

会計はAセット二人前で三千円になっていた。たかだか三千円でも中学生には大金だった。

「達也、おごるって言ったじゃん」

「嘘だよ」達也は驚くほどあっさりと言った。

「嘘ってなんだよ」

「だから、金なんてねえからおごれねえっつうの」

「なんだ、その嘘」

ヒロシは啞然《あぜん》とした。理解できなかった。誰も得をしない意味のわからない嘘だ。

「どうすんだよ、俺も金持ってねえぞ」ヒロシはポケットの中から小銭を出した。

六百四十五円しかなかった。

「だから、俺もねえっつうの」と言って達也はポケットから糸くずを出した。

「ババアの財布から一万円盗んだって言ったじゃん」

「ババアの財布に一万円も入ってるわけねえじゃん」

「なんだよそれ。どうすんだよ」ヒロシは自分の頭をかきむしりながら言った。

「知らねえ」

「知らねえってなんだよ、金がねえと帰れねえだろ」

「帰れねえな」

「なんで他人事《ひとごと》みたいに言ってんだよ」

「言っとくけど、ヒロシも食ってっから共犯だよ」

「なんだよ、それ」

「まあ、落ち着けよ。どうせ金ねえんだから、デザート食おうぜ」

「どうして、そうなるんだよ」

ヒロシは思った。なんで達也のことを信用してしまったのか。

達也はこういうわけのわからない嘘をよくつく。何回もそれに騙されてきた。

それでも達也の人懐っこい笑顔には不思議な力があって、ついつい騙されてしまうのだ。

「おいっ」達也がメニューを広げて大きな声で従業員を呼んだ。

「ちょっと、待てって」ヒロシはデザートを頼もうとする達也を止めようとしたが、いつもは呼ばれてもなかなか現れないオバさんウエイトレスが、こんな時に限って素早くテーブルの横にやって来た。

「チーズケーキとバニラアイスね」

　達也はお金を持っていない人間とは思えない、エラそうな態度で注文した。

「二つも頼むのかよ」ヒロシはあきれてそう言った。

「お前は」達也がメニューを渡すと、ヒロシは溜息を一つ吐《つ》き、開き直って「チョコレートパフェとモンブラン」と言った。

　具体的な解決策がない時は、問題を先送りにして、とりあえず楽しくやる。これこそ不良中学生の正しい姿なのだ、とヒロシは思い直し、その通りに行動した。

「お前も二つ頼んでんじゃねえかよ」あきらめたヒロシを満足そうに見て達也が言った。

　達也はとにかく一人が嫌いで、ヒロシを帰したくない。究極の寂しがり屋なのだ。

　二十四時間開いているファミレスで飯を食って、払うお金がなければいつまでも帰れない。だからヒロシを繋ぎとめておくことができる。最終的な支払いのことなどまったく考えずにこういうことをする。

午後十二時にファミレスに入って、すでに二時間が経《た》っていた。

「で、どうすんだよ」ヒロシが改めて聞くと、

「森木でも呼ぶか」と達也は答えた。

「森木が金持ってるわけねえだろ」

「あいつにも食わせて、道連れにするんだよ」達也は例の人懐っこい笑顔で言った。

こいつは最終的にどうやってファミレスを出るつもりなんだ、とヒロシは思った。


「お前ら、金ないってどういうことだよ」

森木は自分が食べて空いた皿と、達也とヒロシを順番に見ながらそう言った。

そして「俺もねえぞ」と言ってポケットから三百円を出した。

達也はファミレスの中にある公衆電話で森木の家に電話すると、「おごってやるから来い」と言って森木を呼び出した。

そしてヒロシを騙した時と同じように「好きなもん食っていいぞ」と人懐っこい笑顔で言った。

森木は大喜びでAセットを注文し、達也とヒロシは今度はBセット（ハンバーグ、からあげ、サラダ、スープ、パンorライスのセット）を注文した。

森木は「金がない」と聞いて少し怒ったが、達也とのつき合いが長いだけあって、こういう時に達也を責めても無駄と判断したのだろう、すぐにデザートを注文した。

時間は夜の七時、最初にヒロシと達也がファミレスに入ってから七時間が経っていた。従業員もパートのオバさんウエイトレスから、アルバイトの女子大生らしきウエイトレスに代わり、店内は夕食をとる家族でにぎわっていた。

ヒロシと森木は「どうする」と支払いの話をした。するとそれまで他人事のように聞いていた達也が「ルパンが来りゃなんとかなんじゃん」と言った。

「あールパンか」二人とも安心して、また注文し、金のことを忘れて馬鹿話で盛り上がった。

しかしルパンは電話をしてもつかまらず、ヒロシが「どうする」と言うと、「そのうちつかまるだろ」と達也が言い、また注文し、馬鹿話で盛り上がった。そんなことを何時間も繰り返すうちに会計は三万円を超えていた。

「ジャッキー・チェンってやっぱスゲエよな」

何回目かの注文ののちにヒロシが出した馬鹿話のお題は「ジャッキー・チェン」だった。

「昨日も『ポリス・ストーリー』見にいったよ」

ヒロシにとって劇場公開されてから三回目の『ポリス・ストーリー』だ。

「お前、何回見りゃ気が済むんだよ」達也はヒロシほどジャッキーが好きではなかった。

「ジャッキーは何回見てもいいんだよ。なあ森木」

ジャッキーの話題に達也の食いつきが悪いので、ターゲットを森木に変えた。

「一回でいいだろ」森木もそれほどでもない。

「お前ら、ジャッキーの魅力がわかってねえな」十二杯目のアイスティの氷を口に入れながら、ヒロシが言った。

「わかりたくもねえよ」十五杯目のコーヒーをすすりながら達也が答える。

「馬鹿！　ジャッキー超強《つえ》えよ」

ヒロシは自分が好きなものを他人に押しつけるところがあった。

「強くねえだろ。あんなもん映画の中だけだろ、超弱《よえ》えよ」

ムキになるヒロシに達也は少し意地悪く言った。

「超強えよ！」ヒロシは思わず大きな声を出した。ジャッキーを弱いと言う奴を許せなかった。

「ブルース・リーとリー・リンチェイは強いけどジャッキーは弱えよ」

そんな「超ドS」の達也の挑発に、ヒロシはさらにムキになった。

「ちょっと待てよ」ヒロシの闘志に完全に火がついた。

「確かにブルース・リーの強さは本物だよ。ブルース・リーのつくったジークンドーは格闘技を変えたとすら思うよ。リー・リンチェイの少林寺も総本山で習得した本物の中の本物だよ。でもな、ジャッキーだって七歳からカンフーやってんだよ。親と離れて中国戯劇院で七歳から十年間マーシャル・アーツや踊り、歌を勉強したんだよ。だから簡単に弱いとか言うなよ」

「鬱陶《うっとう》しい！」

「まあ、だからこそサモ・ハン・キンポーとユン・ピョウに出会えたわけなんだけどね」

「もういいよ」

それからさらに七時間が過ぎた。最初にヒロシと達也がファミレスに来てから十七時間が経っていた。会計は完全に引き返せない六万円を超えていた。

三人は山ほどタバコを吸って、四箱買い、すでに小銭もなくなっていた。森木とルパンへの電話代で五十円を使い、残りは十五円しかない。

昨日から風呂に入っていないので体が臭くなりはじめていた。

長時間座っているのでケツがとにかく痛かった。

ヒロシはファミレスで日が昇るのを初めて見た。

「だからジャッキーはさあ」

「いつまでジャッキーの話してんだよ」達也は最後の一本のタバコを灰皿で消しながら言った。

達也は延々続いたジャッキーの話に嫌気がさしていた。

ヒロシの横では森木が熟睡している。達也がマジックで額に「中」の字、口には髭をイタズラ書きしたため、森木はラーメンマンになっていた。さらに、こめかみのところに黒い四つの影をヒロシが描き、ウォーズマンにベアークローを決められた跡みたいになっていた。

そんな森木をよそにヒロシのジャッキー話は続いた。

「だって、あのエンディングで流れるNG集なんて、もうNGじゃねえもん。バスに轢かれてんだぜ。あれはもう事故だよ事故！」

熱く語るヒロシとは対照的に達也は「もういいっつうんだよ」と言って、首をまわしながらあくびをした。ただでさえ一睡もせずにファミレスで十七時間。そこへ来てヒロシのしつこいジャッキー話で眠くなったのだ。

「ガラスで手とか顔とか切ったりしねえのかな。やっぱアレかな、映画用のガラスって特殊なヤツでできてて切れないようになってんのかな」

ヒロシも普通だったら眠いしダルいはずだが、漫画や映画の話をしている時はどんな状態でも元気になった。

達也はそんなヒロシの元気さを止めるように言った。

「お前さ、そんなことより、もう十七時間もファミレスにいんだぞ。金どうすんだよ」

「お前が言うなよ」ヒロシは思わずイスから落ちかけた。

達也は完全にこのファミレス軟禁状態に飽きていた。そして自分がこの状況をつくりだしたことなどお構いなしにイラつきはじめていた。

そのイラつきはタバコがなくなったことで加速していった。

「いつまでたってもルパンつかまらねえし、食い逃げするか」

結局、達也の出した結論は誰もが思いつく方法だった。

「あのさ、俺たち十七時間もいるんだぞ、マークされてるに決まっててんじゃん」

達也は店内を見まわす。実際に店員がこっちを警戒しているのを確認すると「チェッ」と舌打ちをした。

「だったらルパンに電話するか」

「最後の十円だぞ。また親が出たらどうすんだよ」

「じゃあ、ミユキに金持って来させるか」

達也の言葉を聞いた途端、思わず微笑みそうになっている自分に気がついて、顔が赤くなった。達也とミユキはまだ完全に切れてはいなかったのだ。

今のところ達也は女子高生のDカップとミユキの二股状態だった。

「でもミユキだって六万も持ってねえだろ。それに俺たちが使ったのに金だけ持って来させるのなんてかわいそうだよ。だったら森木と達也で待ってろよ、俺が駅前でカツアゲしてくるから」

ミユキのことはかわいそうと思えても、カツアゲされる人のことはまったくかわいそうとは思わなかった。

「大丈夫だよ。ミユキんち、金持ちだからよ」達也が貧乏ゆすりをしながら答える。

「じゃあ、来てもらおうか」

ヒロシも本心ではミユキに会いたかった。まだ達也とミユキがつき合っている以上は、ヒロシは達也ナシでミユキに会うことはできなかった。だからヒロシがミユキに会えるのは、達也がミユキを呼んだ時だけだった。

しかし、達也の彼女としてのミユキに会うのはやっぱりつらかった。会わないとつらい、会えばもっとつらい。まるで麻薬中毒患者のようだった。

「じゃあ、電話してくるわっ」

達也は席を立つと大きく伸びをして、電話に向かって歩きだした。

「達也、言っとくけど最後の十円だからな」

ヒロシはそう言うと、灰皿の中から一番長い吸殻を取って火をつけた。

ミユキのことを思い出す。最近は一人でいる時はいつもミユキのことを考えていた。

達也はヒロシに、「好きならミユキとつき合え」と言ってるわりには、まだミユキと別れない。ヒロシとしては何もできない、ただのつらい片思いだった。

「ミユキ、一時間ぐらいで来るってよ」やっとファミレスから出られるメドがついて機嫌を直したのか、達也が笑顔で戻ってきた。

アルバイトの女の子が、ヒロシたちのテーブルの真横にある大きな窓ガラスを、外から拭きはじめた。

風が吹いてスカートがめくれパンツがチラッと見えた。朝日とパンツが寝不足のヒロシには、やけに眩《まぶ》しかった。

三人は「幸せのパンチラガラス」を眺めながら眠った。

ヒロシは夢を見た。夢の中でガラスを拭いているのはミユキだった。

ガシャーン――。

ヒロシはガラスが割れる音で目を覚ました。

身震いしながら、状況を把握するのに五秒ほど時間がかかった。自分たちの真横にある大きなガラスが割れていた。

さっきまでかわいいバイトの子が拭いていた「幸せのパンチラガラス」が、なぜか割れている。

そしてその割れたガラスの向こう側にはパンチパーマで赤いタートルネックにボンタン姿の男と、同じくパンチパーマで白いタートルネックにボンタン姿の男が立っていた。

二人とも鉄パイプを持っている。そしてその後ろには改造された二五〇ccのモロ暴走族仕様のバイクが停められていた。

「これはヤバい」やっと脳ミソが起きた。

森木のほうを見るとラーメンマン・メイクのまま目をパチクリさせている。ドッキリにかけられたお笑い芸人が、状況を把握してリアクションするまでに見せてしまった素の顔のようだ。

達也のほうを見ると、まだ眠っている。この状況で眠っていられる達也の神経が信じられなかったが、とりあえず起こさなければとヒロシは思った。

「達也、起きろ」

達也が首を振りながら、不機嫌そうに目を開く。

しかし達也が完全に目を覚ますのを待たずに、パンチパーマの二人組は割れた窓ガラスからヒロシたちのテーブルの上に足を乗せ店内に入ってきた。

ヤバいと思い逃げようとすると、イスについた手のひらに痛みが走った。見るとガラスの破片で手を切っていた。ジャッキーの映画で使っている特殊なガラスではない本物のファミレスのガラスは、容赦なくヒロシの手を切った。

それでもヒロシはなんとか席から立ち上がった。その時、白いタートルネックのパンチパーマが森木の頭めがけて鉄パイプを振りおろした。ドスンと鈍い音がして森木の上半身がテーブルに倒れる。ヒロシがベアークローの傷痕を描いたこめかみから、血が出ている。まさにラーメンマンがウォーズマンにやられた時の再現となった。

白いタートルネックはテーブルにうつ伏せになったラーメンマンの顔面を踏みつけた。ラーメンマンの顔はガラスの破片で細かくたくさん切れていた。

やっと目を覚ました達也は、腰に手をまわし、いつものように鉄パイプを出そうとした。しかし机の上から赤いタートルネックのパンチパーマに顔面を蹴られ、ソファーから跳ね返ってきたところを鉄パイプで殴られた。ソファーから落ちた達也は四つん這いになって起き上がろうとしたが、赤いタートルネックが素早く後頭部めがけて鉄パイプを振りおろし、達也はそのままうつ伏せになって倒れた。

赤いタートルネックは達也を仰向《あおむ》けにひっくり返し、馬乗りになって殴りつづけた。

このままじゃ、達也が死ぬ。そう思ったヒロシは、テーブルの上にあった灰皿をつかんで赤いタートルネックの後頭部を思いっ切り殴った。赤いタートルネックが後頭部を押さえてうずくまるのと同時に、自分の頭にも衝撃が走った。白いタートルネックに鉄パイプで殴られていた。ヒロシはさっきまで達也がされていたように馬乗りになって殴られた。

永遠に続くんじゃないかと思うほど殴られた。達也に折られた時に入れた差し歯が取れ、別の歯も半分に欠けた。顔の一部は麻酔をかけられたように痺《しび》れて感覚がなくなっていた。目の上も大きく腫れて視界がいつもの半分ぐらいになっていた。

やっとパンチが振ってこなくなると、ふっと体が軽くなり、白いタートルネックはヒロシから降りて立ち上がった。

「糞ガキが！」と言うと白いタートルネックはヒロシの顔にツバを吐いた。

「大したことねえな」達也を殴りつづけていた赤いタートルネックが、白いタートルネックの横に立った。

「テメエ、人の頭殴りやがってよ」赤いタートルネックはダメ押しでヒロシの唇のあたりを踏みつけて、タバコを消すようにグリグリとした。

それで赤いタートルネックは満足したのかポケットからタバコを出して火をつけた。

ヒロシが首だけを動かして達也のほうを見ると、達也もヒロシと同じようにしてこっちを見ていた。達也もボロボロの顔をしていた。森木はテーブルが邪魔で見えなかった。

「いやあー、ざまあねえな。狛江北中の三馬鹿トリオよ」

赤いタートルネックと白いタートルネックの後ろから、ニキビ面が現れた。

「狛江北中ごときがイキがってっから、こういう目に遭うんだよ」

そう言うとニキビ面は下品な笑い声を上げた。

「テメエか、この野郎」ボロボロの達也がニキビ面を見て立ち上がろうとしている。

「死んでろ、こらっ」赤いタートルネックが達也の腹を蹴った。

「うっ」達也は小さくうめき声を上げると、仰向けのまま首だけを起こして、「テメエらは、誰なんだよ」と言った。

するとと赤いタートルネックが「調布南中の赤城だよ。赤い彗星シャアって呼んでくれ」続いて白いタートルネックが「調布南中の加藤だ。白い木馬、ホワイトベースだ」と言った。

「テメエら、何がシャアとホワイトベースだ、こらっ」ヒロシは頭を上げることもできずに仰向けで真上を見たまま言った。

「スベッてんだよ、テメエらよ、マイケル富岡とガッツ石松みたいな顔しやがって。お前ら、せいぜいゴックとアッガイだ」

「ハッハッハ」達也の笑い声が聞こえる。

「いいぞヒロシ」そう言うと達也は咳き込んでから続けた。

「テメエら、覚えとけよ。近いうちに必ず殺してやっか、うっ……」全部言い終わる前にまた赤いタートルネックに腹を蹴られた。

その時、テーブルの向こうから森木がふらふらと立ち上がりグラスを投げた。ガシャーン――。

グラスが床で割れる。「北中ナメんじゃねえぞ」

「テメエ、こらっ」白いタートルネックが森木のところに行こうとする。

それをニキビ面が止めて言った。

「ポリが来るから、そろそろ行こうぜ」

「おいおいお前は相変わらずお巡りさんが恐《こえ》えのかよ」ヒロシがそう言うと、達也と森木がまた笑った。

「うるせえんだよ」

そう言ってニキビ面と加藤、赤城は自分たちが割って入ってきた窓から出ていくと、バイクに三ケツをして、ブワン、ボボ、ブワン、ボボ――とふかしながら消えていった。

早朝のファミレスはガラスの破片と血だらけの不良中学生とでモーニングタイムを迎えられそうにもなかった。他の客も店員もどうしていいのかわからずに、ただ三人の血だらけの不良中学生を見つめていた。

いつもは賑わいを見せているファミレスが、変な静けさに包まれていた。

すると、チリンチリン――と場違いな響きとともにドアが開き、セーラー服の少女が駆け込んできた。

「どうしたの！」

ミユキだ。ヒロシは意識が朦朧《もうろう》としていたので、夢の中のような気がした。

「どうしたの？」

泣きだしそうなミユキの声が、どんどん近づいてくる。ミユキの声を聞いて、こんな状態なのに幸せな気分になった。

ミユキが来てくれた。血だらけの戦士の下にお姫様が駆けつけたのだ。

「大丈夫、達也」ミユキはヒロシを通り過ぎ、達也を抱きかかえた。

ミユキの叫び声を聞きながらヒロシは人生で初めて気絶した。

遠くでパトカーのサイレンが聞こえた。

3

ヒロシは三十八度の熱を出して家で寝込んでいた。ヒロシは殴られて熱が出ることを初めて知った。顔は一晩寝てよりいっそう腫れ上がっていた。

寝返りをうつたびに体の節々が痛んだ。ひどい打撲だったが幸い骨に異常はなかった。

あのあと、三人は救急車でファミレスから病院に運ばれ手当てを受け、昼ごろには、それぞれの家に帰っていった。

六万円を超える飲食代は一旦ミユキが払った。ヒロシの母親が病院でミユキに会ってそのことを知り、「ごめんなさいね」と言ってお金を返した。

夕方になるとヒロシの家に少年課の江藤がやってきた。「誰にやられた」と散々聞いてきたがヒロシは答えなかった。江藤は「お前らで仕返ししようなんて考えんじゃないぞ」と言って帰っていった。

母親は病院で泣き、江藤が来て泣き、親戚のおじさんと電話でヒロシの話をしてまた泣いた。

ヒロシはそんなボロボロの状態でも、もちろんオナニーをした。ガラスの破片で切れた手のひらが痛くてチンコが握れず、仕方なく両手の甲で挟んでシゴいた。これがいつもと違う感覚で意外と気持ちよかった。しかし精子をティッシュでうまく受け取ることができず、Tシャツを汚してしまった。


夕方、ミユキから電話がかかってきた。

ミユキは受話器の向こうで「夜、お見舞いに行くね」と言った。

ヒロシは超浮かれた。なにしろ、達也ナシでミユキに会うのは初めてだ。しかも母親と姉は出かけている。完全に二人きりだ。

具体的な何かを期待するわけではないが、それでも浮かれずにはいられなかった。

ヒロシは、まず風呂に入った。ファミレスに行ってから風呂に入っていなかったので、体はかなり臭くなってきていた。そんな状態でミユキに会いたくないので、なんとしてもシャワーぐらいは浴びたかった。熱でフラフラしながら、頭と腕に巻かれた包帯を濡らさないようにシャワーをチョロチョロと出して、一時間近くかけてちょっとずつ洗った。

部屋も必死で片付けた。この部屋でミユキと二人きりになると思うと、三十八度の熱を帯びた体も不思議と動いた。

部屋を片付け終えると空気を入れ替えるために窓を全開にし、風が吹きぬける部屋でタバコに火をつけた。思いっ切り煙を吸い込み吐き出すと、中学生ながらタバコは最高にうまいと感じた。

ピーンポーン――。

チャイムが鳴った。心臓が、チャイムの音にリズムを狂わされたかのようにドキドキした。おかげで傷ついた体のあちこちがズキンと痛んだ。

ヒロシはタバコを灰皿でもみ消すと、部屋の鏡に自分の顔を映した。

鏡の中のヒロシはボコボコのひどい顔だった。顔のいたるところが腫れていて歯が抜けたり欠けたりして、口を開くとなんともいえない間抜けな顔になった。

何もこんな顔の日じゃなくてもと思ったが、このケガのおかげでミユキはお見舞いに来てくれるのだ。顔面最悪コンディションの今のヒロシにできることは、髪にムースをつけることぐらいしかなかった。

玄関の前に行き、深呼吸をしてゆっくりとドアを開いた。

するとそこには、ミユキが泣きながら立っていた。

一瞬にしてヒロシの浮かれ気分は醒めていった。

「どうしたの？」ヒロシは心配そうに尋ねたが、ミユキはただ泣いているだけで何も答えない。

「とりあえず、中に入る？」そう言うとミユキはやはり何も言わずに、ただコクリと頷いた。

「どうしたの？」ヒロシは部屋に戻ってもう一度聞いてみた。ミユキは泣くだけで何も答えない。いつもよりきれいなヒロシの部屋には重い空気が流れていた。さっきまでボロボロの体で部屋を片付けていた幸せな時間とは、まるで正反対の空気だ。

「泣いてるだけじゃ、わかんないよ」と言いかけてやめた。なんだかこの台詞は冷たいような気がしたからだ。ミユキが自分から喋るのを待つことにして、持久戦に備えて水で溶かすだけでできるアップルティを二杯つくって台所から持ってきた。

ミユキは自分の前に置かれたアップルティをチラッと見て、「ありがとう」と言った。

「いっぱい泣いたから、のど渇いただろ。飲めよ」

必死で搾り出したセリフは、ヒロシにまったく似合っていなかった。

それでも少しは気持ちを和らげることができたのか、ミユキは「ヒロシはいつも優しいね」と泣き笑いで答えた。

「普通だよ」ヒロシはミユキの顔を直視できずに窓の外を見た。

「優しいよ」もう一度そう言うとミユキも窓の外を見る。

ガラスに映るミユキとヒロシの目が合った。

「私、達也にふられちゃった」

そう言うとミユキはガラスから視線を外し、改めて泣いた。

「私、ウザいんだって」

ヒロシは何もできずにミユキを見ていた。

ミユキが泣いて現れた時に、達也にふられたんじゃないか、となんとなく気づいていた。しかしそれを口に出せずにいた。

何かかける言葉はないか考えた。必死で考えたが何も思いつかなかった。

結局は何も言えずにミユキを見ているだけだった。

ミユキが傷ついてることも知らずに超浮かれて、傷ついたことを知っても何もできない。

ヒロシは、そんな自分が悔しかった。悔しくて握りこぶしをつくろうとしたが、手のひらのケガが痛くて握れない。

余計悔しくなってヒロシも泣きだした。

「なんでヒロシが泣くの」

ミユキが聞いた。

「お前が泣くからだろ」

「私が泣いたら、なんでヒロシも泣くの」

「半分半分泣いたほうが、きっと楽だろうが。割り勘だよ、割り勘」

「どういう意味」

「深い意味なんかねえよ、掘り下げんなよ」

「ありがとう」

「なんでこのタイミングでありがとうなんだよ」

「深い意味ないよ」

ヒロシは思った。ミユキのこういうところが好きなんだ、と。

自分が傷ついているのに、人に「ありがとう」と言うところ。弱くて優しいところが好きなんだ。

「あのさ」

ヒロシは告白しようと思った。今、達也と別れたばかりのこのタイミングで告白すれば一〇〇パーセントふられる。それでも自分の思いを伝えたかった。

ふられてもいいから気持ちを伝えて楽になりたかったのだ。

「何？」ミユキがヒロシの目を見つめる。

ヒロシはもう一度息を大きく吸って「あのさ」と言ったが、そのあとが続かない。

「どうしたの？」ミユキが大きな目で見つめている。目はまだ涙で潤んでいた。

「あのさ、俺さ……今、あんまり関係ないんだけどさ……俺さ、ミユキのこと」

プルルル、プルルル――。

リビングの電話が鳴った。

「電話だ」ヒロシはそう言って大きな溜息を吐《つ》いた。

プルルル――。

「電話だね」ミユキはそう言うとアップルティを持ち上げて「いっぱい泣いたからのど渇いちゃった」と続けた。

プルルル――。

「電話出てくるわっ」ヒロシはそう言うとリビングに行き、受話器を取った。

「もしもし。遅《おせ》えよ。早く出ろよ」電話は達也だった。

複雑な気持ちだった。達也の元彼女と二人で部屋にいる。

その達也からの電話。うしろめたい気持ちと、告白を邪魔されて腹立たしい気持ち。とりあえずミユキがいることは黙っておくことにした。

「どうしたの」ヒロシが電話の用件を確認する。

「仕返ししに行こうぜ」

「もうかよ」

「もうじゃねえよ、遅えぐらいだろ」

達也のモットーは今日の喧嘩は今日のうちにだった。日付が変わるとモットーが守れなくなるので相当イラついていた。

「だって、まだ体ボロボロで動かねえだろ」

「気合だよ、馬鹿」

「気合じゃ体動かねえよ」

「いいから、俺んち来いよ」

「わかったよ」

「あとさ、ヒロシんちにミユキ行っただろ」

「知ってたのかよ」ヒロシは受話器を落としそうになった。

「だって、お前んち見舞いに行くっつってたからよ。俺は別れたからよ、べつに好きにしていいから」

「そういう言い方ねえだろ」

「どうでもいいけど、今日はミユキ帰して俺んちに来いよ」

そう言うと達也は一方的に電話を切った。

部屋に戻るとミユキが「誰だった？」と聞いたが、ヒロシはその質問には答えずに「ちょっと仕返ししに行ってくるわ」と言った。


「ういっす」

達也の部屋に上がると、すでに森木とワン公とルパン、それとカバ面の知らない男がいた。

「誰、こいつ」

「こいつとか言ってんじゃねえよ」カバ面が立ち上がってヒロシに詰め寄った。不良同士は初対面はどうしてもヤバい空気になる。

「おいおい、このカバは二足歩行なのかよ」体はボロボロだったが口だけは絶好調だった。

「誰がカバだ、こらっ」カバ面がヒロシの襟首をつかむ。

「このカバは手も使えるのかよ。随分器用な野生動物だな、おいっ」

「テメエ、殺すぞ」

「二人ともやめろよ」達也がそう言うと、森木が二人の間に割って入った。見ると森木の歯も抜けていた。

「こいつは狛江西中のテルだよ。そんでこっちはヒロシ、うちの学校の転校生だよ」そう言うと達也は「二人とも座れよ」と続けた。

「こいつがテルなんだ」ヒロシは名前を聞いて弱気になった。テルはこの辺では有名な男で、西中で一番強いと言われている。達也とは三勝三敗で決着がつかずにいるらしい。

「その狛江西中のテルがなんで達也の家にいるんだよ」ヒロシは達也の狭い部屋に自分のスペースを見つけて座った。

「達也が調布東中と南中の奴らにやられたって聞いたから見にきたんだよ」テルがまだ鼻息荒くそう言った。

「しつけえな。やられてねえよ」ヒロシと同じように腫れた目をした達也が、空き缶にツバを吐いた。

「で、どうすんだよ。このままやられっぱなしか」テルはどうやら冷やかしで来たらしい。

「やられてねえって言ってんだろ」達也がイラつく。

「調布東中の馬鹿は別として、南中の赤城と加藤は相当だぜ」

テルの言うとおりだった。調布南中はこの辺では一番不良の多い学校で生徒の三分の一がパンチパーマで、そのほとんどが卒業後、関東で一番大きな暴走族、ＹＫＧ連合の支部にあたる調布鬼《き》兵隊《へいたい》に進路が決まっている。さらに、その調布鬼兵隊も半分ぐらいはヤクザに就職が決まっていた。

「あいつら南中のナンバーワンとナンバーツーだからな。もう調布鬼兵隊の集会に出てるらしいしよ」テルは達也をビビらせたいらしい。

「関係ねえよ、なあ」達也がビビる様子もなくヒロシのほうを見た。

「あたりめえだろ」ヒロシはちゃんとビビッていた。

「で、どうすんだよ」テルが興味津々で達也に聞く。

「とりあえず、今から東中のニキビ面の溜り場に奇襲かけて、明日は南中に殴り込みだ」

達也はそう言うと弟の机の横からバットを引っ張り出した。

弟はもう野球を辞めていたので、そのバットはボールを打った回数より、人の頭を打った回数のほうが多かった。

「じゃあよ、俺も暇だからつき合ってやるよ」テルがそう言ってニヤついた。この男も達也と一緒でとにかく喧嘩がしたいらしい。

「勝手について来いよ」達也もテルが来るのは心強いみたいだった。

六人はルパンが盗んできた車に乗り込んだ。

「お前スゲエな。車まで盗めるのかよ」ヒロシがギュウギュウの車内で言った。

「中古車センター行ったら結構簡単に鍵盗めんだよ」ルパンが運転しながら答えた。

「お前さ、もうプロの泥棒になっちゃえよ」達也が窓を開ける。

「泥棒にプロとかアマとかねえだろ。盗んだ時点で泥棒は泥棒だよ」ヒロシも窓を開けた。

「じゃあ、俺は小学校五年生からプロの泥棒だな」ルパンがハンドルを切る。

「早っ」ヒロシがカーブで体勢を崩しながら言った。


「着いたよ」

ルパンがサイドブレーキを引きながら言った。ニキビ面軍団の一人の自宅の庭にプレハブが建てられていて、そこが溜り場になっていた。

六人は車から降りると、それぞれトランクからバットや木刀などを握り締めた。

ヒロシは手のケガのせいで自力で木刀を持つことができなかったので木刀を握ってテープでぐるぐる巻きにした。

テーピングをしている時、ボクサーみたいだなと思ってテンションが上がった。

横を見るとルパンが木刀を持っていたので、「あれ、お前も行くの」とヒロシが聞くと、

「行くよ」と言ってルパンは木刀を振った。

「悪いことは泥棒しかしないんじゃねえのかよ」

「仲間の仕返しは悪いことじゃねえだろ」ルパンは片方の眉を吊り上げてそう言うと、木刀を刀のように腰に差すフリをした。木刀には〝日光江戸村〟と書かれていた。

「お前は本当に泥棒さえしなかったら、いい奴だな」自分も木刀を腰に差すフリをしながらヒロシは笑った。木刀には〝浅草〟と書かれていた。

「よし行くぞ」達也はそう言うと車の上に乗り、家の塀を乗り越えて庭に侵入した。五人も達也のあとに続き庭に入っていく。

「せーので行くからな」達也が声をひそめて言う。

全員が武器を構える。

「せーの！」今度は大きな声で達也が叫ぶ。

「うりゃ」ヒロシはプレハブの窓ガラスを割った。ワン公も隣で窓ガラスを割っている。

達也とテルと森木とルパンは扉を蹴破って中に駆け込んだ。

ヒロシとワン公も割った窓から中に飛び込んだ。

「なんだ、テメエら」ニキビ面が布団の中から裸で顔を出した。ニキビ面の下には女が裸で寝ていた。

そのまわりにトランクス姿のニキビ面軍団が三人いた。

「テメエら、呑気にセックスしてんじゃねえぞ、こらっ」達也がニキビ面の額をバットで引っぱたいた。

ニキビ面が布団の中から全裸で転がり出てきた。思いっ切りチンコが勃っていた。

「テメエは人が熱出して唸《うな》ってんのにチンコ勃ててんじゃねえよ」ヒロシがニキビ面のチンコを踏みつけた。

「おらっ」テルはトランクス一丁の一人を持ち上げて外に放り投げると、もう一人を木刀でボコボコにしていた。無傷のテルが一番暴れていた。

「死ね、こらっ」ワン公と森木が二人で一人を蹴りまくる。

女は必死でパンツを探していた。

ルパンは遠くから「やれやれ！」と言っていた。どうやら参加する気はないらしい。

「よっしゃ。さらうぞ」達也はそう言うとニキビ面を捕まえてプレハブから引きずりだした。

六人がニキビ面を連れて家の門に向かうと、玄関からパジャマ姿のオッサンが顔を覗かせる。

「何をしてるんだ」オッサンは驚いた顔でそう言うと「警察を呼ぶぞ！」と叫んで家の中に引っ込んだ。

「急ぐぞ」達也がそう言うと、テルが抵抗するニキビ面のボディを思いっ切り殴り、肩の上に担ぎ上げた。

ルパンが玄関の前に車をまわし、全裸のニキビ面を車に押し込んで、その上にみんなで座った。

「よっしゃ、テルんち行こうか」達也がそう言うと、「なんでうちなんだよ」とテルが息を切らしながらツッコんだ。


シャッターの脇にある扉を開いて、全裸のニキビ面をテルの家の工場に押し込んだ。

テルの家は小さな町工場で、一階が作業場で二階が住居になっていた。材木を加工する工場なので角材やロープなどが揃っており、不良をさらってきて痛めつけるには最適の場所だった。

「よっしゃ、ロープで縛るか」テルはそう言うと、たくさんある工具箱の一つを開けてロープを探す。

「ロープなんていらねえよ」達也がポケットから手錠を出した。「手ぇ縛るのにロープなんか古《ふり》いよ、今は手錠だよ」達也が自慢げに手錠の輪を人差し指に引っ掛けてクルクルとまわした。

「手ぇ縛るのに古いも新しいもねえだろ」ヒロシはそう言いながら髪の毛をつかむと、ニキビ面を達也に引きずり渡した。達也はニキビ面の腕を後ろにまわして手錠をかける。

「お前ら、やりすぎだろ」全裸に手錠をかけられて、急所が丸出しなのが心細いのか、ニキビ面は必死に太股《ふともも》でチンコを隠そうとしている。

「テメエは何タメ口きいてんだ、こらっ」達也が座っているニキビ面の顔面を蹴り上げると、ニキビ面は一筋の鼻血を出して横倒しになる。

「誰が寝ていいって言ったんだよ、こらっ」ヒロシが髪の毛をつかんでニキビ面を起こす。

「とりあえず、ちゃんと謝れ」達也がしゃがんでニキビ面に顔を近づけて言った。

「テメエらだけじゃ、かなわねえからって、南中なんかに助っ人頼みやがって、オメエのやることはいちいちダセエんだよ」そう言うと軽く首を絞めて、もう一度「謝れ」と言った。

「悪かったよ」ニキビ面は今にも泣きだしそうだった。

「敬語だって言ってんだろ」達也がニキビ面の鼻に頭突きを入れる。両方の鼻の穴から血が出てきた。

「どうもすびばせんでした」鼻血が出ているのと恐怖心で上手く喋れず「すみません」を「すびばせん」と噛んでしまった。

「噛んでんじゃねえよ」ヒロシがニキビ面の頭をスリッパで叩くように角材で殴った。

「イッタアアアアア」ニキビ面はまた倒れそうになったが、達也がすぐに髪の毛をつかんで倒れさせない。

「テメエ、ちゃんと謝れって言ってんだよ」達也がニキビ面の頭を揺する。

「どうもすいませんでした」今度は噛まずにちゃんと言えた。

「許してくださいだろうが！」達也は、さらに大きな声を出し、さらに大きくニキビ面の頭を揺すった。

「許してください」必死でニキビ面がそう言うと、「許すわけねえだろ」達也がもう一度頭突きを入れた。グシャッと音がして達也の額に返り血がついた。額の血を拭《ぬぐ》ってその手を見ると、「汚ねえな」と言って今度は肘打ちを顔面に入れた。

「さあ、どうすんだよこいつ。とりあえず指でも折るか」テルは自分も参加したくてうずうずしていた。

「ちょっと待ってくれよ」ニキビ面がテルのほうに顔をやる。

「敬語だって言ってんだろうが」その顔を達也が殴る。

「それとも生爪剝《は》いでみるか」テルが工具箱からペンチを取り出す。

「待ってください」ニキビ面が今度は敬語でそう言うと、もう一度テルのほうに顔を向けた。

「テメエ、ちゃんと敬語で言ったから殴られねえって安心してんじゃねえ」そう言って達也がまた殴った。

「どうするよ、ヒロシ」達也が急にヒロシに振ってきた。

するとヒロシは何かひらめいたように手を叩くと、「チン毛、剃ろうぜ」と言った。みんなの顔が一斉に、不良の顔から、いたずらっ子の顔に変わった。

「やろうぜ」「髭剃り持ってこいよ」

ついさっきまでとはまったく違う明るい空気になった。

「ヒュ――――」ワン公が意味なく奇声を上げる。

ニキビ面も指を折られたり生爪を剝がされるよりはましだと思ったのか、少しホッとした顔をした。

「とりあえず、燃やさねえ」どこから見つけたのか、達也が殺虫剤をプシューと噴き出させながら言った。達也は最近、仲間うちが集まってる時に誰かが寝ると、そいつのチン毛を燃やすのを楽しんでいた。

「いいじゃん」「どこで見つけたんだよ」みんなが盛り上がる。

「ヒュ――」ワン公が奇声を上げる。

「じゃあ、足押さえてろよ」達也がそう言うと、ヒロシとテルが片足ずつ持って両サイドに膝を広げた。ニキビ面はチンコ丸出しでM字開脚の格好になった。達也がデモンストレーションのようにライターの火に向かって殺虫剤を噴出する。ボッ、殺虫剤は火炎放射器となって火を噴いた。

「ちょっと、勘弁してくださいよ。それはヤバいですって」ニキビ面が敬語を使うとお笑い芸人が先輩芸人にいじられているみたいに聞こえた。

「行くぞ」達也はそう言うと、ライターとニキビ面の股間を一直線上にして火をつける。殺虫剤を噴出するとライターが火炎放射器となって股間めがけて火を噴いた。枯れ草を火炎放射器で焼き払うようにチン毛が一気に燃え、毛の焦げるいやなニオイが部屋に広がった。

「熱い、熱い、熱い！」ニキビ面はまさに芸人のようなリアクションで転げまわる。

みんなは腹を抱えて死ぬほど笑った。

火炎放射を「次、俺」「次、俺」と全員が順番にやると、ニキビ面の股間は小学生のようにチン毛がまったくなくなって軽く火傷をしていた。

ニキビ面のリアクションがかなり面白かったので、みんなの怒りもおさまり、すっかり満足していた。

「どうしようか、こいつ」達也はオモチャに飽きた子どものようにニキビ面に関心がなくなっていた。みんなも盛り上がりのピークを過ぎて、急に眠くなってきたようだ。

「帰るか」達也があくびをする。

「ちょっと待ってよ、こいつどうにかしろよ」とテルが言った。確かに自分の家に置いていかれてはたまったもんじゃない。

「その辺に捨てて帰るか」森木もあくびをしている。

「どうせならさ」ヒロシが立ち上がって喋りだした。

「こいつの学校に今から行って、全裸のままこいつを正門に手錠で繋げとこうぜ」

ヒロシは冗談のつもりだったが、それを聞くと、盛り下がりかけていた空気がまた変わった。ヒロシは勢いづいて、さらに続ける。

「そしたらさ、朝になってこいつ、同じ学校の奴らに、小学生みたいに毛のないチンコ見られんじゃん。しかも鍵がなかったら、手錠なかなか外せねえし、面白くねえ？　全校生徒に見られるぜ。もちろん女子もだぜ」ヒロシの話はまた全員のテンションをマックスまで上げた。

「よっしゃ、行こうぜ」「乳首に洗濯バサミとか挟んどこうぜ」「チンコの先黒く塗ろうぜ」

〝えっマジでやるの？〟とヒロシは思ったが、さっきまでのけだるさが嘘のようにみんなが盛り上がるのを見て〝ま、いっか〟と思った。

「ヒュー」ワン公が奇声を上げる。

「ちょっと、それはヤバいですって。学校はマジで勘弁してくださいよ」

ニキビ面は相変わらず芸人のように頼み込んでいるが、「やってください」の裏返しのように聞こえた。


次の日、ニキビ面はヒロシが言った通り、全校生徒に毛のないチンコを見られ爆笑王になった。ヒロシたちは近くに車を停めて、中からそれを観賞していたが、途中で飽きてそのまま爆睡してしまい、警察に補導された。

救出されたニキビ面がチクッたせいで、ヒロシたちの「プレハブ襲撃事件」や「ニキビ面監禁」が警察にバレた。

凶器準備集合、不法侵入、器物破損、暴行傷害で家庭裁判所行きとなった。

ヒロシは親の離婚の時以来初めて、家庭裁判所へ行くことになった。

家庭裁判所での審判は意外とあっさりしていた。親と子どもがちゃんと正式な場所で注意されるというぐらいのものだった。テレビやドラマで見る裁判とはまったく違って、とても簡単でドライだった。

ヒロシたちは、とりあえず鑑別所や少年院に送られることはなく、不処分ということになったが、ルパンだけは別だった。ルパンは窃盗と無免許運転もしていたので、みんなより罪が重く、一人だけ少年鑑別所送りとなった。

警察に捕まってから家庭裁判所に行くまでの数日間は、拘束こそされていないものの、さすがに親の監視も厳しく、調布南中への仕返しは延期されていた。そのおかげでヒロシ、達也、森木の傷もすっかり癒えていた。

家庭裁判所での結果が出たあと、いつものように達也の家に集まると、早速達也は調布南中への仕返しを言いだした。

「今日あたり行くぞ」達也は仕返しが延期されて、かなりストレスを溜めていた。

「でも、あいつらやるってことは、調布鬼兵隊とモメることになるかもしれねえぞ」テルはプレハブ襲撃以来毎日顔を出すようになっていた。

「関係ねえよ」達也が鼻息荒く答える。

「調布鬼兵隊っつったら、二百人ぐらいいるんだろ」テルは、相変わらず達也をビビらせたいようだ。

「関係ねえっつってんだろ、なあヒロシ」

「どっちでもいいんじゃないかな」

ヒロシのやる気は全然なくなっていた。傷が治ると不思議と怒りはおさまり、改めて巨大な敵に立ち向かう度胸はなかった。ヒロシは気が短いが、気が弱いので、喧嘩をするならキレたその瞬間が一番よかった。間を空けるとまったくやる気にならなかった。

「ヒロシは、そんなに乗り気じゃねえってよ」テルがカバ面の大きな口を開けて笑った。

「テメエ、ビビッてんじゃねえよ」達也がヒロシを思いっ切り睨みつけた。

「べつにビビッてねえよ。どっちでもいいっつったんじゃん」ヒロシがスネオのように口を尖らせる。

「じゃあ行くってことだな」達也がジャイアンのようにがなりたてる。

「じゃあ決まりだ、俺も行くぜ」テルはカバ面を崩して笑った。ヒロシたちの頼もしい味方はネコ型ロボットではなくカバ型ロボットだ。

「行くっつっても、あいつらがどこにいるかわかってんのかよ」森木が口を挟む。

「知らねえよ」

「知らねえのかよ」胡坐をかいた膝の上に乗せていた肘が、思わずずり落ちた。

達也には具体的な計画が何もなかった。

「じゃあ、なんであの馬鹿捕まえた時に情報聞かねえんだよ」ヒロシがもっともなことを言う。

「ヒロシが聞けばいいだろ」

「いや、俺は達也とかが知ってると思ってたからさ」

「知らねえよ」

「じゃあ、どうするつもりだったんだよ」

「調布のほう行って探せば見つかんだろ」

「そんな簡単に見つかるわけねえだろ。だいたい家にいて出歩いてねえかもしれねえじゃん」

「あいつらは馬鹿だからゼッテエ出歩いてんだよ」

達也は自分の馬鹿さを思いっ切り棚に上げた。

「馬鹿でも家で寝る時は寝るだろ」

「テメエ、ビビッてんじゃねえよ」

「ビビッてるとかじゃねえだろ」

「じゃあ行くってことだな」話が振り出しに戻った。

「あいつらが溜まってるとこ知ってるぜ」カバ型ロボットがエラそうに足を投げ出して言った。

「早く言えよ」今にも部屋から飛び出さんばかりの勢いで、達也は膝立ちの姿勢になった。

「聞かねえからだろ」テルがもったいぶる。

「どこだよ」達也が膝立ちの姿勢のままトコトコとテルに近づく。

「あいつらは夜中バイクで走ったあと、調布団地の六号棟の前で溜まってるらしいぜ」テルが胸を張って続ける。

「だいたい、いつも二十人以上はいるってよ」

ヒロシは、またこの仕返し計画が嫌になった。二十人は多すぎる。

こっちはヒロシ、達也、森木、ワン公、テルの五人だ。五対二十はキツい。単純計算で一人につき四人相手にしなければならない。

しかもただの二十人ではなく、調布南中のパンチパーマ軍団、中でも赤城と加藤はいきなりファミレスのガラスを躊躇《ちゅうちょ》せず割って入ってくるかなりの兵《つわもの》だ。

いくら奇襲をかけるにしてもかなりのハンデキャップだった。

「バイク乗ってるって、それは調布南中の奴らだけでやってんの？　それとも鬼兵隊も一緒？」

これはヒロシにとってはでかい問題だ。中学生を相手にするのと暴走族を相手にするのとでは雲泥の差がある。

「そんなもん、どっちでも関係ねえだろ。どっちもまとめてぶっ殺す」達也が指を鳴らす。

達也は何人いようが、どんなに強かろうが、たとえ暴走族だろうがビビらなかった。とにかくナメられることが嫌いだった。

「まあ、南中だか鬼兵隊だかわかんねえけど、団地の前で車で待ち伏せして、赤城と加藤が来たら、パーッとやればいいじゃん」

テルの場合は達也のような「ナメられたくない」というタイプの喧嘩好きではなく、喧嘩をお祭り感覚で捕らえているタイプだ。

「よっしゃ、じゃあルパンいねえから親父の車で行くか。向こうの部屋のコタツの上に親父の車の鍵が置いてあるから、ヒロシ取ってきてくれよ」

「取ってきてくれって、親父さんいるんだろ、達也が行けよ」

「だからだろ。糞ジジイ、俺が行くとうるせえんだよ」

「そりゃそうだろ。車の鍵だろ。貸してくれるわけねえじゃん。俺が行っても貸してくれねえよ」

　中学生の息子に車を貸す親はいない。それがヒロシの常識だ。いや世間の常識だ。

「大丈夫だって」そう言うと達也はヒロシの脇の下に手を差し込み無理やり立たせると、立て付けが悪いふすまをこじ開け、ヒロシを部屋の外に押し出した。廊下に出るとすぐに親父のいる居間が見える。

　親父は布団を外したコタツを机にして競馬新聞を読んでいる。明日のレースの予想をしているようだ。達也の親父の仕事は、いまだに謎のままだ。

「どうも」ヒロシがリビングに入っていくと、

「なんだ、ヒロシ」と言いながら屁を一発こいた。

「ちょっと、お願いがあるんっすけど」

「くっせええ」新聞で自分のケツのあたりをあおいでいる。

「悪《わり》い悪い、聞いてなかった。あまりにも屁が臭《くせ》えからよ。お前臭くねえの」

「超臭えっすよ」

「だよな。で、なんて？」

「いや、だからお願いですよ」

「おう、金以外のことにしろよ」

「あの、ダメだとは思うんですけど」実際にダメだと信じていた。「車の鍵を持ってって
いいですか」

「いいぞ」

あっさりオーケーだ。ヒロシは耳を疑った。

「えっ、いいんですか？　車ですよ」心の中では「あなたは中学生に車を貸すんですか」

と続けていた。

「いいっつってんだろ、その代わり警察に捕まったら盗んだって言えよ。だから達也には
運転させるな。息子だと盗んだって言っても通用しない時があるからな」

そう言うと、達也の親父はもう一発屁をこいて「くっせえ。わかった。昨日餃子《ギョーザ》食った
からこんなに臭えんだ」と言った。実際、屁は餃子のニオイがした。

「じゃあ、借ります」

「朝までに返さなかったら、テメエらぶっ殺すからな」

「はい」

世間一般の常識はこの家庭には通用しなかった。達也の親父の車は「誰かの借金がどうたらこうたらで、そのカタに取り上げたのが、まわってきてどうたらこうたら」と、とにかく出所のはっきりしない車だ。ヒロシ、達也、テル、森木、ワン公は出所のはっきりしない黒のスカイラインに乗り込んだ。運転はテルがした。

テルの運転はルパンに比べて滅茶苦茶ヘタクソで、ヘタクソなくせに超荒く、南中の連中の溜り場の団地に着くころには、全員車酔いをしていた。

六号棟の近くに車を停める。まだ南中の連中は集まっていないようだった。

南中の連中が来るまでに車酔いを醒まそうと、全員車から降りて夜風に当たった。

二時間ほど待っただろうか、遠くのほうで、ブオン、ボボ、ブオン、ボボ——と爆音が鳴り響く。

「来たぞ」車の外であくびをしながら腰を伸ばしていた達也が、助手席に戻るとドアを閉めて身を屈《かが》めた。

〽パラララララ、ラララララ〜、ゴッドファーザーの愛のテーマが近づいてくる。

達也は弟の金属バットのグリップを絞り込むように握った。

ヒロシも〝浅草〟と書かれた木刀を握った。

すると自分の手が小刻みに震えていることに気がついた。

ふと転校する前のことを思い出した。つい二カ月前までは山の見えるきれいな校舎で、休み時間にはウォークマンでBOØWYのアルバムを聞きながら、彼女が書いた交換日記を読んでいた。放課後は階段の裏でキスをした。遠くから吹奏楽部の練習や野球部が金属バットにボールを当てる音が聞こえてきた。

転校する前は退屈に思える日々だった。刺激が足りないといつも嘆いていた。そして刺激を求めて転校した。

刺激が強すぎた。

車の中で木刀を握り締めて、暴走族予備軍、いや最悪、暴走族かもしれない奴らを待ち伏せしている。

後悔が一瞬頭をかすめた時、バイクのライトが目に飛び込んできた。何個ものヘッドライトが蛇行運転でくねくねと飛びまわっている。直管（バイクのマフラーを短く改造してもの凄く大きい音が出るようにしたもの）の音が耳をつんざく。そのやかましく下品なパレードは六号棟の中に吸い込まれていった。バイクの数は八台、人数は十五人くらい。ガセネタであってくれと願っていたヒロシは、ああ、本当に来ちゃったよと思った。

「よっしゃ行くか。テル、車で突っ込むぞ」助手席の達也が六号棟をまっすぐ見据えながらそう言った。

「よっしゃ、やるか」テルはエンジンをかけてサイドブレーキを下ろした。

「ちょっと、待った」達也の真後ろに座っているヒロシが身を乗り出した。

「なんだよ」達也が答える。

「突っ込むって、どういうことだよ」

「あいつらにぶつけるんだよ」

「ぶつけるって、殺す気かよ」

「死なない程度にぶつけりゃいいだろ」

「死なない程度って、そんな運転技術、テルにないだろ」

テルはもうゆっくりと走りだしていた。目標までの距離は三〇メートルほどだ。

「テルやめとけって」今度はテルのほうに身を乗り出す。クラッチの繋ぎがヘタで車が揺れる。それでも徐々に加速した。

「こんなヘタクソな運転で軽くなんて当てられないだろ」

「大丈夫だよ」テルの黒目が興奮して上下に動いているのがバックミラーに映っている。

「行け、テル、轢《ひ》け」

「轢くな、テル！」

言ってる間に六号棟の前に車は到着。

「うわっ突っ込んでくるぞ」暴走族予備軍が逃げる。

ヴォン、ヴォン、ヴォン――人がボンネットに当たる衝撃とともに、三人ほど前に飛ばされた。

「ううう、痛《いて》え」

ヒロシは轢かれた奴が起き上がるのを見て、よかった死んでなかったと思った。

「だから、そんなに簡単に死なねえんだよ」満足そうに達也が笑う。

「いやあ、上手いこと死なない程度に当てられたな」テルが不時着に成功したパイロットのように、自分の仕事を振り返っていた。

「誰だ、テメエら、こらっ」「殺すぞ、ボケッ、こらっ」

仲間を轢かれてあっけにとられていた暴走族予備軍は、我に返って一斉に車に向かって突進してきた。

「テル、バックしろ！」ヒロシが叫ぶ。

「おう」テルはギアをバックに入れたが、なかなか動かせないでいる。

その間に暴走族予備軍の一人が助手席のドアを開けようと近づいてきた。

「開けろ、こらっ」その男が開けようとした瞬間に達也が思いっ切りドアを蹴り開けた。

「ぐわっ」カウンター気味に顔面にドアがぶつかり、男が倒れてのたうちまわった。

「開けてやったぞ」そう言うと達也はすぐにドアを閉める。

するとようやく車がバックしはじめた。

「待て、こらっ」バックする車を暴走族予備軍が追いかける。一台の車を集団で追いかける様はまるでゾンビ映画のようだ。

「よっしゃ、もう一回轢いとこか」達也の言うことは、もうむちゃくちゃだ。

「うっし」テルがブレーキをかけ不器用にギアを入れかえる。そのドン臭さのせいで暴走族予備軍の一人が車に追いつき、助手席の横まで走り込んできた。

「テメエらかあ、ボケッ」赤いタートルネックの赤城だった。

「死ね、こらっ」赤城は車のボンネットに乗っかるとフロントガラスを蹴った。一発目でひびが入り、二発目で達也の目の前の部分が割れた。

「テメエが死ね」達也は金属バットを割れた窓から外をめがけ振りまわした。

「痛っ」バットは赤城の脛に命中し、足をとられた赤城はボンネットの上に倒れた。

「走れテル」

「おう」テルが赤城をボンネットに乗せたまま車を走らせる。さっきまで追いかけてきていたゾンビ集団が今度は逃げる。

「止めろテメエ、こらっ！」赤城がワイパーにしがみつきながら叫んだ。

「落ちろテメエ、ボケッ」達也が金属バットで腹を突く。

テルが今度は団地の前に停めてあったバイクの列に突っ込んだ。ドミノ倒しのようにバイクが倒れ、車が止まると、赤城がゴロゴロとボンネットから転がり落ちた。

その時、一人の男が「しゃああ、うおらっ」という掛け声を上げながら車に駆け寄り、そのままボンネットの上を滑り込みテルの顔面にスライディングを決めた。

「ナメてんじゃねえぞ、こらっ」白いタートルネック、加藤だ。

蹴られたテルは鼻血を出しながら加藤の足をつかんだ。「だらあ、テメエ、こらっ！」口に入った鼻血を飛ばしながら叫ぶ。

すると達也が車から飛び出し、ボンネットの上に乗っかると、足をつかまれている加藤の顔面めがけてバットを振り下ろした。加藤が体をくねらせて間一髪よける。

「動くな、こらっ」今度はバットを腹に振り下ろす。加藤は「うっ」と唸って腹を押さえた。それからあとは達也のバットが加藤を殴りつづける。その間にヒロシ、テル、森木、ワン公も車から降りた。

「うらああ」テルは車から降りるとすぐに暴走族予備軍の群れの中に飛び込んで、角材を振りまわして暴れた。そのテルの後ろ姿は喧嘩とは思えないほど楽しそうで、積もった雪に足跡を付けたくて外を走っていく少年のようだった。

　さらに森木とワン公もテルのあとに続いた。ヒロシはたくさんの暴走族予備軍を見て嫌になっていたが、あとで何を言われるかわからないので、しぶしぶ喧嘩に参加しようとした。その時、金属バットで加藤を殴っていた達也の足首に手が絡みつき、達也がボンネットの上に倒れる。

「テメエら」ボンネットの向こうから赤城が現れた。

　赤城は車から転げ落ちたダメージをまったく感じさせない動きで車の上に飛び乗ると、倒れた達也の顔面を蹴った。

「クッソー、めんどくせえな！」ヒロシは叫びながらボンネットに飛び乗ると赤城にタックルし、そのまま二人とも車の下へと落ちた。すぐに木刀を振り上げようとしたが、手に持っていたはずの木刀がない。車から落ちた時に落としたのだ。焦って木刀を探す。「あった」ヒロシが走りだすと、それより一瞬早く赤城が木刀に飛びついた。ヒロシは木刀をあきらめると、拾い上げるために体勢を低くしていた赤城の顔面を思いっ切り蹴り上げた。赤城が体をのけ反らせて倒れる。すると達也が現れて仰向けになった赤城の顔面を踏んづけた。

ヒロシと達也は、木刀とバットを拾い上げると、テルたちのほうを見た。テルは元気に暴れまわっているがワン公は三人に囲まれ、森木は倒れて蹴られていた。

ヒロシがワン公のところに、達也が森木のところに走った。

「しゃああ」ワン公を囲んだ一人の背中をヒロシがバットで殴ると、そいつはのけ反って倒れ、ワン公の姿がよく見えるようになった。ワン公はボコボコに殴られながらも一人の耳に嚙みついていた。嚙みつかれている男の耳は半分ちぎれていた。「離してくれ！」男が泣きながら叫ぶ。

「離せ、テメエ」もう一人の男がワン公を殴る。が、ワン公の口は耳から離れない。

「うりゃ」ヒロシがワン公を殴った男の頭をバットで殴ると、男は頭を押さえて血を出しながら倒れる。続けざまに、ワン公に耳を嚙まれている男の足をバットで引っぱたいた。

「あああ！」男が叫ぶとワン公がやっと嚙むのをやめた。男は耳を押さえながらそのまま倒れた。

「ぺっぺっ、きたねえ耳だな」ワン公はそう言って唾を吐き、ボロボロの顔でヘラヘラと笑った。

「行くぞ」達也の声が聞こえ、全員が車に集まる。

達也は倒れている暴走族予備軍のほうに向き直り、大きく一つ息を吸い込んだ。

「俺は狛江北中の井口達也だ。調布南中だろうが、調布鬼兵隊だろうが百人でも二百人でも来いや」そう言うと車に乗り込んだ。

ヒロシはもう襲撃に遭うのは嫌だったので、〝まあ、べつに来なくていいけどな〟と思いながら車に乗り込んだ。

エンジンをかけて車を走らせる。

ヒロシが何気なくバックミラーを見ると、血だらけで何やら叫びながら追いかけてくる赤城が映った。ターミネーターかよ……そう思ったヒロシは、達也に言ったら車を止めそうだったので黙って目を閉じた。

「調布団地襲撃事件」では、ヒロシたちが去ったあと、やってきた少年課の刑事に赤城と加藤たちは保護された。赤城と加藤は団地に現れる前に派手な喧嘩をしていたようで、別件で逮捕されて鑑別所送りとなった。

取調べを受けた赤城と加藤は、ニキビ面と違ってヒロシたちのことを警察に言わなかった。いずれ自分たちでケリをつけるつもりなのだろう。

「スゲエ、臭えな」

ヒロシは銭湯の脱衣所で自分のパンツのニオイを嗅ぎながら言った。

「パンツ、カピカピだぜ」

ヒロシは家出をしていた。理由は「なんとなく」だ。

達也、テル、森木、ルパン、ワン公の家を泊まり歩いたり、公園で野宿をしたりもした。風呂には二日に一度ぐらいはなんとか入れたが、パンツは「家出の間は、穿き替えない」というなんだかよくわからない記録作りに挑戦していて、同じのを穿いたままだった。

「スゲエな、ヒデ君の筋肉」

ヒロシはヒデ君と銭湯に来ていた。

ヒデ君とはヒロシの姉の中学時代からの彼氏だ。もともとは代々木の不良で、ヒロシは小学校のころからよく遊んでもらっていた。

モンチッチに似たかわいらしい顔で、身長も一六〇センチほどと小柄だ。

小さい体に長ラン(ロングコートのような学ラン)を着ていたので、長ランの上にモンチッチのヌイグルミを乗せて歩いているようだった。

とても優しくてヒロシにも姉にもいつもニコニコしていた。

ある日、ヒロシとヒデ君がコンビニで買い物をしている時、不良中学生が万引きしているのを発見した。ヒデ君はその中学生の頭をいきなり後ろから叩き「不良だったら万引きなんて格好悪い真似してんじゃねえ。これで買え」と千円札を渡し、その中学生がいなくなると「ヤベエ、最後の千円あげちゃったからなんにも買えねえよ」と言って笑った。

子どものころから極真空手をやっていたので、小さいながらも喧嘩はとても強かった。噂ではバイクを持ち上げて投げるほどの怪力とのことだった。

喧嘩で高校を中退してからは漫画の『硬派銀次郎』に憧れて「俺も銀ちゃんみたいに大工になる」と言って鳶職人《とびしょくにん》になった。酔っ払うといつも「自分の家は自分で建ててえんだ」と言っていた。

ヒロシはそんな優しくて強いヒデ君が大好きだった。

足場を組んで高いところを飛びまわって作業する姿に憧れた。

いつも鼻毛を出して、汚いタートルネック着て、汚いドカジャン着て、汚いニッカボッカ穿いて、だらしなく酔っ払って、姉に叩かれてニコニコしているヒデ君が格好よく思えた。

「お袋さんも心配してんだから、今日うちに泊まったら明日帰れよ」

「わかったよ」

ヒロシの家出生活最後の夜は、ヒデ君が一人暮らしをしている家で過ごすことになった。

「たまに銭湯来ると、でっかくて気持ちいいだろう」

ヒデ君が湯船につかって心底気持ちよさそうな顔で言った。

「気持ちいいね」

家にいる時もほとんどシャワーしか浴びないので、家出中の銭湯はとても気持ちよかった。

「パンツ買ってやるから、あのパンツ捨てろよ」

「やだよ、記録なんだからさ」

「何が記録だよ」

「だいたいさ、銭湯に売ってるパンツ、白いブリーフじゃん。格好悪いよ、あんなの変態が穿くパンツだぜ」

「誰かに見せるわけじゃねえだろ」

「ヒデ君、オシャレの基本は見えないところからだぜ」

「一週間パンツ穿き替えないで、オシャレも糞もねえだろ」

「ヒデ君、不良っていうのは一度決めたら最後まで貫き通すんだぜ」

「パンツで何格好つけてんだよ」

二人の笑い声が風呂場に響いた。

「ヒロシ、お前さ、そんな風に姉ちゃんとも笑って話してやれよ」

「めんどくせえよ」

ヒロシはヒデ君の家によく遊びに行ったが、姉が現れると途端に不機嫌になり、すぐに帰っていった。

「姉ちゃんも寂しがってんぞ」

「ヒデ君、不良ってのは、姉ちゃんと口きかねえもんなんだよ」

「そんな決まりねえだろ、姉ちゃん、ヒロシのこと心配してるぞ」

「知らねえよ」

ヒロシは湯船で顔を洗った。

「おかしいだろ、姉ちゃんの彼氏と仲良くできるのに、姉ちゃんと仲良くできないの」

「ヒデ君はヒデ君だからさ」

もう一度顔を洗う。

「俺はお前の姉ちゃんのこと好きだから、姉ちゃんが悲しい顔したら俺も悲しいんだよ」

「よく、そんな恥ずかしいこと言えるね」

ヒデ君は恥ずかしいことを堂々と言える人だった。

「ヒロシも好きな人とかいるんだろ」

「いるけどさ」

ヒロシはミユキのことを誰かに話したかった。実らない恋の話を聞いてほしかった。しかし友達には達也の元彼女のことが好きだとは言えなかった。ましてや家族とは口もきいていなかったので恋の話などするはずもない。この話を聞いてもらうにはヒデ君がベストだった。

「でも、無理なんだよね」

家に看病に来てくれた日以来、ヒロシはミユキと会っていなかった。告白の途中に邪魔が入ったことで勢いをそがれた。勢いをなくすと途端に告白をしようとした自分が恥ずかしくなって連絡を取れずにいた。

「無理ってなんだよ」

ヒデ君が聞く。

「達也の元彼女なんだよね」

「達也かあ」

達也たちもヒロシの家でヒデ君に何回か会って、すぐになついていた。

「でも、元ってことは別れてるんだろ」

「そうなんだけどさ」

「だったら、べつにいいんじゃねえのか」

　この言葉を誰かに言ってほしかった。友人の元彼女に告白するという、ちょっとした罪悪感をともなう行為を少しでも和らげてほしかった。

「そうかな」

　ヒロシは待ってましたとばかりにくいついた。

「達也はなんて言ってんだよ」

「つき合っちゃえばいいじゃんってさ」

「じゃあ、べつにいいじゃねえかよ」

「そうかなあ」

　ヒデ君の返答はどれもヒロシが言ってほしいことばかりだった。

「もう、好きだとか、つき合ってくれとか言ったのか」

「いや、まだ別れたばっかりだからさ」

「そばにいて慰めてやればいいだろ」

「なんか弱みにつけ込むみたいでさ」

「なんでだよ、好きなんだろ。若いうちの地元の恋愛なんてだいたい、もともとは誰かの知り合いとか友達の彼女だったりすんだからよ」

ヒデ君は鼻毛を鼻息で揺らしながら熱く語った。

「好きな人が傷ついてんだろ、慰めたいって思うだろ。だったら格好つけてないで、バッチリ慰めてやれよ。そんで思いっ切り自分の気持ち伝えて、ダメだったらしょうがねえだろ」

言い終わるとヒデ君は不細工な顔でニッコリと笑った。

「じゃあ明日会ってみようかな」

そう言うとヒロシは湯船に一回潜ってすぐに顔を出して「ぷはあー」と大きく息を吐いた。

「その前に一回家に帰れよ。そんで好きな人に会うんだから新しいパンツ穿いて行けよ」

そう言うとヒデ君はヒロシの背中を軽く叩いた。

「なんか勇気出たよ」

ヒロシはヒデ君を見ずにそう言った。

「ヒロシには、勇気はもともとあるんだよ。勇気の出し方がまだヘタなだけだよ」

そう言うとまた不細工な顔でニッコリと笑った。

「ヒデ君、せっかく格好いいこと言ってんだからさ、鼻毛抜いたほうがいいよ」

「馬鹿、元不良は鼻毛が出てるなんて小さいことは気にしねえんだよ」

「なんだそれ」

エコーがかかった二人の笑い声が、風呂場に響いた。


ヒロシは窓から一週間ぶりに自分の部屋に入った。

リビングに向かうと母親はいなかった。姉からヒデ君の家に泊まっていることを聞いて安心して仕事に出かけたようだ。

リビングのテーブルの上には母親からの手紙が置かれていた。

ヒロシへ
一週間も帰らずに何をしているの。お姉ちゃんからヒデ君にお世話になっていると聞きましたよ。いくらあなたが悪ぶっていきがったって、まだ誰かの力を借りずには生きていけないのですよ。ちゃんと自分の力で生きていけるようになってから偉そうなことを言いなさい。冷蔵庫の中にからあげがあるから油で揚げて食べなさい。母よりからあげはヒロシの大好物だった。

あまり料理が得意ではない母親の、数少ないレパートリーの一つだった。

冷蔵庫を開けるとボールの中に下味をつけたトリ肉が入っていた。コンロの上に油がなみなみと入った鍋が置いてあった。

ガスコンロに火をつけ油を温める間に、新しいパンツに穿き替えた。一週間ぶりの新しいパンツはとても気持ちがよかった。

一週間穿きつづけたパンツは、今度みんなにニオイを嗅がせようと思って、スーパーのビニールに入れて自分の部屋に保管した。

キッチンに戻ると油は、からあげをつくるのに頃合の温度になっていた。

母子家庭だったヒロシは小学校の時からキッチンに立っていた。

手際よく油に肉を入れると、パチパチと気持ちのよい音がして香ばしい匂いが広がった。揚げたてのからあげに醬油をかけると、肉からジューッとこれまた気持ちのよい音がした。横にマヨネーズを添えてリビングのテーブルに運ぶと、今度はジャーからお茶碗にご飯をよそって鰹節をかけ、冷蔵庫から生卵を取り出してご飯の上に割って落とした。さらに醬油をたらし、ご飯と生卵と鰹節を混ぜて、生卵鰹節かけご飯をつくった。

テレビの電源をリモコンでつける。大きな革のソファーに座る。マヨネーズのたっぷり付いたからあげを一つ口に放り込んで二、三回噛むと生卵鰹節かけご飯をかき込んだ。

「家に帰ってきたんだ」と家のありがたみを噛み締めた。

夜になると母親が帰って来て、また泣きだした。

たかだか一週間なのに、少し歳をとったように見えた。

「何やってたの」

母親が聞いてきた。本当は心配をかけて悪かったと思っていた。からあげのありがたみも、わかっていた。

しかし反抗期まっ盛りのヒロシは「うるせえんだよ、ババア」と言って部屋に閉じこもった。

部屋の外から泣き声が聞こえて来たので、ダブルデッキにカセットを差し込み、ブルーハーツを大音量で流した。

しばらくブルーハーツを聞きながら『北斗の拳』を読んだあと、もう何度も見ているゴールデン洋画劇場を録画したリーリンチェイの『少林寺』を早送りしてアクションシーンだけを見た。

家出をしてみたものの、自分は基本的には家で一人で過ごす時間が好きなんだな、とヒロシは自分のことをまた一つ理解した。不良、喧嘩、窃盗よりも、テレビ、漫画、映画のほうが好きな、どちらかというとオタク寄りの人間なんだと気がついた。

しかし「俺はもう不良になったんだから後戻りはできないな」と心の中で呟いて、タバコに火をつけた。

本来、不良に向いているタイプではないのに、これから不良として生きていかなければいけないという設定に酔いながらタバコの煙を吐いた。そして鏡を見て、「これが運命に振りまわされる男の顔か」と思った。完全に酔っていた。

ミユキとは九時ごろに調布駅の近くにある喫茶店で待ち合わせをした。この辺で一番夜景のきれいな丘の上の公園で告白をしようと決めていたのだ。

『少林寺』を見終わっても、まだ約束の時間まで二時間もあった。しかしミユキのことが気になって漫画もテレビも頭に入ってこなかった。

調布までは原チャリで十五分もあれば着く。まだ一時間四十五分も時間があったが落ち着かないのでヒロシはとりあえず身支度を始めた。

コンビニで売っている安い缶コロンを首につける。最近先輩から譲り受けたハイウエストの五つボタンのドカンを穿き、お気に入りの黒いタートルネックに着替えたあと、赤い髪にムースをつけてドライヤーでリーゼントにし、めちゃくちゃ固まるダイエースプレーを鬼のようにふりかけた。眉毛を剃刀《かみそり》で超細く整え、そのまま剃《そ》りこみも入れた。最後にお決まりのＭＡ－１を羽織る。

時間を潰すためにのんびりと準備をしたが、それでも三十分ほどしか経っていなかった。家にいても時間はゆっくり進むだけだと思い、家を出て盗んだ原チャリで待ち合わせ場所に向かった。

調布駅の近くに原チャリを停めて、少し歩く。

待ち合わせの時間までまだ一時間もあったので、ゲームセンターに入ろうとした。

「またお前かよ」ニキビ面と仲間二人がゲームセンターからちょうど出てきた。

「テメエ。調布で何してんだよ」

「なんだっていいだろ」

「テメエ、呑気に調布歩いてて、ただで帰れると思ってんのか」

調布はニキビ面たちが幅をきかせているエリアで、ヒロシにとってはアウェイだったが、ミユキへの告白は夜景の見える公園にしたかったので、仕方なく待ち合わせ場所を調布にしたのだ。

アウェイだろうがなんだろうが敵に会わなきゃいいと思っていたが、甘かった。

「どこ歩こうが、俺の勝手だろうが。そんなことよりチン毛生えたのかよ。相変わらず小学校低学年みてえなチンコしてんだろうが」

「テメエ、殺すぞ」

ニキビ面の仲間も笑いをこらえているように見えた。

「殺されねえよ、馬鹿」

そう言うと、ヒロシはすぐ横においてあったゲームセンターの看板を持ち上げて投げつけた。ガシャーンと、もの凄い音がして、看板が割れる。

ニキビ面たちが後ろに下がると、ヒロシは走って逃げた。

「テメエ、バックレてんじゃねえぞ!」

無視して走りつづける。告白の日に喧嘩なんかして顔を腫らしたくなかった。

ましてや相手は三人だ。どうなるかわからない。最悪の場合ボコボコ、どんなにうまく戦えたとしても、せっかくセットしたリーゼントは一〇〇パーセント崩されるはずだ。

「待て、こらっ」ニキビ面が追いかける。

「待たねえよ」逃げるヒロシ。

「テメエ、ビビッてんじゃねえぞ、おらっ」

「ビビッてんじゃねえよ。今日は嫌なんだよ」

「わけわかんねえこと言ってんじゃねえぞ」

ヒロシは商店街を駆け抜けると、アパートの中に入り奥にあるブロック塀を乗り越え、一軒家の庭に飛び降りると庭を突っ切り正面の門から出た。さらに向かいの家の門を開け、庭を突っ切ってブロック塀を乗り越えると、向こう側の道に出て、また走った。

ヒロシは大勢の不良や警官から逃げる時、必ず人の家の庭を走り抜ける。そうするとまきやすかったし、道路を普通に走るより障害物を乗り越えるスピードのほうが自信があった。

後ろを振り返るとニキビ面はいなかった。

ひとまずは安心して下を見ると先輩からもらったドカンが裾から膝にかけて破れ、足には二〇センチほどの浅い切り傷ができていた。塀を乗り越える時に、塀から飛び出している鉄の棒に引っ掛けたのだ。

「クソッ。ふざけんなよ」

停めてあった自転車を蹴っ飛ばす。

「何してるんだ」

振り返ると警官が立っていた。

「マジかよ」

破れたズボンを穿いた不良中学生が自転車を蹴っているのだ。交番に補導される。そうなればミユキとの待ち合わせには絶対間に合わない。ヒロシはまた走って逃げだした。

「待ちなさい」

追いかけてくる警官。まだ若くて体力がありそうだった。

「待てって言われて待つわけねえだろ！」

ヒロシは大通りに出ると、車がビュンビュン走っている道路を走り抜ける。警官は信号が変わるのを待っていた。

道路を渡りきると、また人の家の門を開け庭を突っ切ってブロック塀を乗り越え、隣の庭に飛び降り門から外に出て、必死に走った。

ネチャ。足に覚えのある不快な感触が走った。

「マジかよ」犬のウンコを踏んでいた。

「ふざけんなよ」後ろを振り返ると警官はいなかった。

「なんなんだよ。今日に限ってよ。どんだけついてないんだよ」

最悪だった。告白の日に対立している学校の不良に追われ、警官に追われ、犬のウンコを踏んづける。ヒロシは息を切らせながら、盗んだ原チャリを停めたところまで歩いた。

原チャリは、警官に持っていかれることもなく、他の人間に盗まれることもなく、まだ置いてあった。ニキビ面たちがまだ駅前にいるかもしれなかったので、原チャリのスタンドを上げると、エンジンを切ったまま原チャリを押して、道の端をこそこそと歩いた。駅の三〇メートル手前でミユキの姿が確認できた。目の前の団子屋の店内の時計を覗き見ると、八時五十分。待ち合わせ時間の十分前だった。

嬉しかった。好きな子が待ち合わせの時間より先に来て待っている。

待ち合わせの時に起きる小さな幸せの一つを味わえた。

ヒロシが原チャリを押しながらミユキに近づこうとすると、ミユキの向こう側からニキビ面軍団が、さらに仲間を増やし五人ほどでこっちに来るのが見えた。

ヒロシにはまだ気がついていない。

ヒロシは原チャリのエンジンをかけるとミユキの目の前まで走らせた。

「ミユキ後ろに乗れ」

「ヒロシ、どうしたの」

驚くミユキの顔がまたかわいかった。

「テメエ、こらっ」ニキビ面がヒロシに気がついた。

「いいから乗って」

ミユキは状況がよろしくないことに気がつくと、急いで原チャリの後ろに横向きに乗りヒロシの腰に手をまわした。

ミユキの胸が背中にあたる。シャンプーの香りが鼻に届く。危機的状況にもかかわらずヒロシは幸せを噛み締め、手元のアクセルをひねった。

「どけ、おらっ」ニキビ面軍団の脇をすり抜けて原チャリを走らせる。

「待てー！」

ニキビ面軍団は少しだけ走って追いかけてきたが、すぐにあきらめて立ち止まった。

「しゃばぞうが！」「バックレてんじゃねえぞ！」「死ね、こらっ！」

ヒロシを罵倒する声が商店街に響いたが、それもすぐに聞こえなくなった。

ミユキと二人乗りした原チャリは風を切って走った。

信号待ちのたびに、ニキビ面たちとゲームセンターで遭遇した話や警官に追われた話をした。腹の立つ話だったがミユキにはすべて楽しい出来事のように話せた。

夜景のきれいな公園は丘の上にあった。その日もヒロシの期待を裏切らず、告白の夜を演出するように町の明かりが輝いていた。

「足、大丈夫？」

「全然大丈夫だよ」

強がりではなく、ミユキと一緒にいられることで痛みが気にならなかった。

「見てみ、スゲエきれいじゃねえ？」

「近くに住んでるけど、こんなに夜景がきれいって知らなかった」

ここはテルに教えてもらったスポットだった。

テルはカバみたいな顔をして「夜景のきれいなとこ教えてやるよ」と言ってここにヒロシとワン公を連れてきた。

「なっ、きれいだろ」とテルが言うと、ワン公は「スゲエな」と興味なさそうに言って立ちションをしていたが、ヒロシはとても感動した。

ミユキと来たいな、と思った。

そして実際にミユキと見る夜景は、テルやワン公と見た時より何倍もきれいに見えた。

「スゲエ、満月じゃねえ？」

「本当だ」

神様はヒロシにニキビ面と警官と犬の糞という障害を与えた代わりに、きれいな夜景と満月をプレゼントしてくれた。

「ちょっと、マジで凄くねえ？」

「凄いよね」

満月を見上げるミユキはとてもかわいかった。大きな瞳がキラキラと輝いていた。

「俺、こういうのスゲエと思うんだよね」

「何が」

「だってさ、この先、何回満月見るかわかんねえけど、こうやって誰かと一緒に見るのって、そんなにねえんじゃねえかなって思うんだよね。きっと大人になったら、忙しくて空見上げる回数も減ると思うしよ。だからミユキと今見てる満月はスゲエ特別なんじゃねえかなってさ」

「ははは」ミユキが小さく笑う。

「なんだよ」

「だって、ロマンチックなこと言うからさ」

「べつに普通だろ」

ヒロシは急に恥ずかしくなって、タバコを取り出して火をつけた。

「普通じゃないよ。ヒロシのそういうとこ凄くいいと思うよ」

「なんだよ。それ」

嬉しくて、恥ずかしくて、心臓が爆発しそうだった。

「あのさ、ちょっといいかな」

「何？」

ミユキがヒロシを見つめる。

「あのさ、俺さ、ミユキのこと好きなんだよね」

「えっ」

ヒロシは大きく息を吸って吐いた。

「気がついたらミユキのことばっかり考えてんだよ。メシ食ってる時も、風呂入ってる時も、糞してる時も、ミユキのこと考えてんだよね」

もう一度息を吸って大きく吐く。

「漫画とか読んでるとさ、頭の中でさ。ヒロインの子をミユキにして読んだりとかしてんだよ。馬鹿みたいだろ」

ミユキが黙って首を振る。

「タッチの南もミユキだし、北斗の拳のユリアもミユキだし、ドラえもんのドラミもミユキだよ」

「しずかちゃんじゃないんだ」

「なんだったらドラゴンボールはピッコロ大魔王だぜ」

「いやだ」

二人は静かに笑った。

「今、ミユキは傷ついてて、こういう時に告白っていうのも、違うんじゃねえかなって思ったんだけど、でもやっぱり好きだから、俺が傷口埋めることできねえかなって思ってさ」

「ありがとう」

ヒロシはもう一度満月を見上げると、足を肩幅に広げてしっかりとミユキを見つめ直した。

「俺とつき合っ」

「ごめんね」

「早っ」ふられた。

「つき合ってくれ」の「てくれ」を言う前だった。

「凄く、ヒロシの気持ちは嬉しいし、本当にヒロシは優しいし、大好きだけど、でもやっぱり友達としか見れないし、今はつき合うとか、まだ無理だと思う」

「そうだよな」

「ごめんね」

「ミユキは悪くねえよ。こんな時に好きとか言ってごめんな」

「ううん。こんなこと言われても嫌かもしれないけど嬉しかったよ」

「そっか……」

ヒロシは泣きそうになったので、もう一度満月を見上げた。

月には少し雲がかかっていた。

「帰るか」

ヒロシは鼻をすすりながらそう言った。

ミユキはコクリと頷いた。

原チャリに二人乗りをして、さっき幸せな気分で走った道を通ってミユキの家まで送った。

「おやすみ」

ヒロシは精一杯の笑顔をつくった。

「うん。おやすみ」

ミユキも寂しそうに笑った。

「じゃあな」

ヒロシはそう言うと原チャリを走らせてニキビ面たちを探しまわった。

「見つけたぞ。ボンクラ集団」

ヒロシは途中で拾った角材を握り締めて突っ込んでいった。


ヒロシ、達也、テル、森木、ワン公、そしてルパンは達也の家でたむろしていた。

十二月二十四日、クリスマスパーティをやろうということで達也の家に集まったのだ。

パーティといっても達也の狭い家でルパンが盗んできたケーキを食べただけだった。ルパンは十日ほど前に鑑別所から出てきていた。

「中で赤城と加藤見なかったか」とヒロシが聞くと、

「いたよ。入ってきた初日に、なんか誰かとモメてたぜ。あいつらむちゃくちゃだな。俺は顔知られてなくてよかったよ」と言っていた。

顔を知られているヒロシはゾッとした。あいつらは出てきたら必ず復讐しにやってくる。しかも今度は関東最大の暴走族連合の調布支部、調布鬼兵隊を引き連れて。

そう思うとビビッたが、今はそんなことなど忘れてこの暇でむさ苦しいクリスマスパーティをそれなりに楽しんでいた。

「あのさ、達也とテルってどうして仲良くなったの」

ヒロシはなんとはなしに前から気になっていたことを聞いてみた。三勝三敗で決着がついていないにもかかわらず、なぜ行動を共にしているのか、疑問に思っていた。

「テルがなんか知らねえけど、俺になついてきたんだよ」達也が笑いながら答えた。

「ちょっと待てよ。なついてきたのはお前のほうだろうが」テルが少しムッとして答える。

「何言ってんだよ。テルが最後に俺に負けた時に俺んちに上がったからだろ、なあ森木」

「そうだと思うよ」

「お前らが上がってけよって言ったからだろ」

「俺だったら、やられた相手の家に上がって、お茶すすって帰れねえけどな」

「なんだテメエ」

不穏な空気が流れだした。

「まあまあ、どっちでもいいじゃん」ヒロシが間に入った。

「オメエが聞いたんだろ」テルが怒鳴る。

「ごめん、ごめん、ちょっと気になったからさ。今はツレなんだから、べつにいいじゃん」

「ツレなんかじゃねえよ」達也が戦闘モードの顔になって言う。

「どういうことだ、テメエ」テルも完全にキレていた。

「おい、テル。調子こいてんじゃねえぞ」

「調子こいてんのはテメエだろがっ、達也」

二人が立ち上がる。

すぐにヒロシ、森木、ワン公も立ち上がって間に入る。

「もういいじゃん、クリスマスなんだしさ」

ヒロシが達也の手を押さえ、森木はテルの手を押さえた。

「テル、外出ろっ！　タイマンだ。こらっ」

「上等だよ、決着つけてやるよ」

二人はヒロシと森木の手をそれぞれふりほどいて外に出ていった。

「ちょっと待てって、クリスマスイブにタイマンとか張らないだろ。普通」

そう言いながら二人のあとを追って外に出ると雪が降っていた。二人はすでに、リングの上のボクサーのように睨み合っていた。

「ほら雪降ってんじゃん。ホワイトクリスマスだぜ。ホワイトクリスマスに喧嘩とかやめようぜ」

ヒロシは、自分の発言がもとで二人が喧嘩を始めるのが嫌だった。

それにヒロシは、ジンクスや迷信を信じるタイプで、なんとなくクリスマスイブに喧嘩するのはバチあたりなような気がした。聞いたことはなかったが、なんとなくそんな気がしたのだ。

「やめようって」

ヴォンボー――その時、遠くから暴走族のバイクの音が聞こえた。

「ちょっと待った、直管の音聞こえない」ヒロシが二人の注意を引こうと呼びかける。

「だから、なんだよ」達也がテルを睨みつけたまま答える。

「こっちに近づいてきてるよね」ヒロシは達也のそばに駆け寄りながら言った。

「近いな」達也がやっとバイクの音を気にしだした。

「どこ走ってんだ」テルがつぶやいた。二人ともとりあえず喧嘩のことは忘れている。

「スゲエ近いぞ」ヒロシがそう言った瞬間、カーブを曲がってバイクが現れた。

ロケットカウルの暴走族仕様のバイクには、赤城と加藤とニキビ面が乗っていた。赤城と加藤は特攻服を着ている。ニキビ面は紫色のダサいジャンパーを着ていた。

「久しぶりだな」赤城はエンジンを切ると、バイクから降りた。

「何しに来たんだよ」達也が身構える。

「もちろん、お前らぶっ殺しに来たんだよ」加藤が赤城を追い越して前に出る。

「三人だけでかよ」達也はすっかりテルのことを忘れ赤城と加藤に集中していた。

「お前らとやるのに、そんなに人数なんかいらねえだろ」赤城が特攻服を脱いでニキビ面に渡した。特攻服の下は裸で、腹にはサラシを巻いている。

「鬼兵隊の奴らは来ねえのかよ」ヒロシは一番気になっていることを聞いた。

「俺たちは、自分の喧嘩は自分でやるんだよ。お前らとの喧嘩に鬼兵隊は関係ねえ」

赤城の答えを聞いて、ヒロシは安心した。

「いやいや、鬼兵隊のみなさんに手伝ってもらったほうがいいんじゃねえのかな。そっちは三人でこっちは六人だぜ」

ヒロシは鬼兵隊が出てこないことと、自分たちのほうが人数が多いことに安心し、急にイキがりはじめた。

「相手が何人だろうが関係ねえんだよ。自分たちの喧嘩は自分たちでやんだよ」

赤城はどうやら男らしい男のようだった。

「テメエら、ゴックとアッガイごとき雑魚《ざこ》キャラが格好いいこと言ってんじゃねえぞ」

ヒロシは、この先この二人が鬼兵隊を連れてくることはないと知ると、ますます調子に乗りだした。

「俺たちは命懸けて、単車も喧嘩もやってんだよ、オメエらみたいな中途半端な奴らにナメられたまんまじゃ、えばって道歩けねえだろうが」

　そう言うと赤城は自分の言葉に酔った顔で首をまわした。

「うわっ、気持ち悪い。命懸けてるだってよ。みんな聞いた？」ヒロシは完全に調子づいていた。

「なんだテメエ！」赤城がヒロシに向かって叫ぶ。

「命懸けるとか格好つけてるけどさ、命っていうのは、バイクだったらレーサーだし、喧嘩だったら格闘家だし、必死でトレーニング積んだ奴が懸けるんだよ。オメエらみたいに遊んで屁こいてる奴のは命懸けてるって言わねえんだよ、馬鹿！」

「じゃあ、テメエらは、なんなんだよ」

　赤城は、自分の言葉に酔っていた分、ヒロシに馬鹿にされた怒りと恥ずかしさで顔が真っ赤になっていた。

「俺たちは命懸けるなんて、馬鹿みたいなこと言わねえもん」

「じゃあなんで喧嘩とかしてんだよ」

「俺たちは毎日暇で暇でしょうがねえから、遊びまわってると喧嘩になるだけだよ」

「おう、じゃあ俺たちも暇だからよ。遊んでくれや」赤城が一歩前に出る。

「俺より達也とテルのほうが暇みたいよ」ヒロシは一歩後ろに下がった。

「テメエ、ナメてんのか。こらっ」赤城が今にも飛びかかりそうな勢いで前に出る。

「まあ待てよ」

達也が赤城とヒロシの間に入った。ヒロシは心底ホッとした。

「お前らも堂々と三人で来たんだからよ、タイマン張ってハッキリさせようぜ」

達也がまるでクリスマスの出し物を決めるように楽しそうに提案する。

「面白《おもしれ》えじゃねえかよ」

赤城はアッサリと達也の提案に乗った。

「俺もやらせろよ」

テルは、さっき達也と喧嘩しそこなって熱くなった血を、赤城と加藤にぶつけたくてウズウズしている。

「お前、俺とやれよ」加藤が達也を指差した。

「俺は誰とでもやってやるぜ」

達也はアントニオ猪木の名言「私は誰の挑戦でも受ける」のように言った。

「お前は俺だな」赤城がヒロシを指差した。

「俺!?」

ヒロシは絶対に嫌だった。やるんだったらツルツルチンコのニキビ面がよかった。ターミネーターの赤城はヒロシにとってはレベルが高すぎた。

「テメエ、俺らにエラそうなこと言ってくれたよな。毎日暇でしょうがねえんだろ、俺もスゲエ暇だからよ、勝負してくれよ」

「テル、お前暇だよな」

ヒロシがテルの腕をつかんで前に出した。

「俺がやってやるよ」

テルは馬鹿だったが、こういう時はとても頼もしい男だ。

「テメエ！　バックレてんじゃねえぞ。こらっ」

赤城はターゲットを変えるつもりはないらしい。

「わかったよ。じゃあ俺はお前だ」

テルはそう言うとニキビ面を指差した。

「ちょっと待ってくれよ。テル、あっさり変えんなよ。実力からして俺がニキビ面だろ」

と言いたかったが、さすがにそれは格好悪すぎて言えなかった。

「じゃあ、ここだとゆっくりできないから。鳥越神社の前でやるか」達也がタバコに火をつける。

「鳥越神社の前」は鳥居の前が公園のようになっていて夜でもライトで明るく、タイマンのステージによく使われていた。

赤城はニキビ面から特攻服をもぎ取って袖を通すと、ヒロシに近づいて「テメエ逃げんじゃねえぞ」と言いバイクに小走りで向かって跨り、エンジンをかけた。

「じゃあ鳥越神社で待ってっからよ！」

加藤はバイクのエンジン音に負けないよう大声で叫び、赤城の後ろにまたがった。

「テメエらこそ、逃げんじゃねえぞ！」

達也は遠足に向かう子どものように楽しそうだ。

ヒロシは歯医者に向かう子どものように、泣き叫びたい心境だった。

赤城はヤバすぎる。

「待たせたな」

達也はそう言いながら原チャリから降りた。

ヒロシ、達也、テル、森木、ワン公、ルパンは盗んだ原チャリ二台で三ケツして、鳥越神社にやってきた。

ロケットカウルの横に原チャリを停め、暴走族の改造車と原チャリを見比べると、向こうのほうが不良のレベルが上のような気がして、ヒロシは少し恥ずかしくなった。

「誰からやるよ」

達也は、そんなことはまったく眼中にない様子で赤城たちに近づいていく。

「ジャンケンでいいんじゃねえか」テルが提案する。

「じゃあ俺らがジャンケンするからよ。勝った奴からやってくか」赤城が答える。

「それで、いいぜ」達也はそう言うとポキポキと指を鳴らした。

赤城と加藤とニキビ面がジャンケンをして順番を決めることになった。

「最初はグー、ジャンケンポン！」

パンチパーマで特攻服を着た中学生とジャンケンは、世界一ミスマッチだ。

最初に勝ったのは加藤だった。

「よっしゃー、俺とお前だな」加藤が達也を指差した。初戦は「達也VS加藤」に決まった。

「最初はグー、ジャンケンポン！」

「なんだよ、最後かよ」赤城が不満そうにニキビ面の頭を軽く叩いた。

二組目が「テルVSニキビ面」、そして最後は「ヒロシVS赤城」の順番だ。

自分と赤城の勝負が最後になったので、とりあえずはほっとしたが、どっちみちやらなくてはいけないと思うと、ヒロシの気持ちはすぐにブルーに逆戻りした。

「ちょっと待って、十二時まわったぜ」ルパンが盗んだ時計を見ながら言う。

イブからクリスマスになったのだ。

「メリークリスマスじゃねえ？」ルパンが呑気にそう言うと、「メリークリスマスだな」森木が小さな声で答える。

「フウ――――」ワン公がいつもの奇声を発する。

「最高のクリスマスパーティになったな」達也がそう言ってＭＡ－１を脱ぐ。

「じゃあやるか」加藤が特攻服を脱いだ。二人以外は誰からともなく後ろに下がった。

「行け達也！」ワン公が叫ぶと、応援合戦が始まった。

「行け！」「殺せ！」「殺《や》れ！」どれもクリスマスには似合わないエールばかりだった。

「行くぞ、おらっ」達也はそう叫びながら加藤めがけて飛びかかった。

達也は物凄い勢いでパンチを繰り出すが、加藤はボクシングをやっているようでまったく当たらない。逆に加藤のジャブが面白いように達也の顔面にスパーンと入る。

しかし達也はまるでパンチなど当たっていないかのように加藤に突進していく。加藤はヒラリと達也をかわしながら次々とパンチを繰りだしヒットさせる。達也は殴られても殴られても突進していく。そしてついに襟首を捕まえると得意の大外刈りで加藤を投げた。ドスン！　受身を知らない加藤は無防備に地面に叩きつけられた。それでも加藤は達也が馬乗りになろうとするとすぐに立ち上がり、ファイティングポーズをとった。

それから二人の戦いはさらにヒートアップしていき、壮絶を極めた。加藤がパンチを浴びせる。達也が投げる。パンチ対投げというレベルの高い喧嘩が繰り広げられていた。

そして達也が何回目かの投げを決め、加藤の顔面を蹴り上げる。吹っ飛んだ加藤を追いかけ、さらに顔面キック。吹っ飛ぶ加藤。さらに追いかけもう一度顔面を蹴り上げようとした時に、格闘技のレフリーのように森木が止めに入った。

「もういいだろ」

喧嘩を止めに入る森木のタイミングはいつも絶妙だった。

「離せ、こらっ」達也は興奮がおさまらず、森木を振り払おうとしている。

「勝手に止めてんじゃねえぞ、テメエ、こらっ！」加藤が口から血しぶきを上げて叫んでいる。起き上がろうとしているが力が入らず、上手くいかないようだった。

「まだ、やれんぞ、こらっ」それでも加藤は起き上がろうとしたが、膝から崩れ落ちた。

「上等だ、こらっ」必死に戦おうとする加藤に、達也が応えようとしている。

「加藤」

黙って見ていた赤城が加藤に近づいた。

「あとはまかせろ」

そう言うと赤城は加藤の背中に特攻服をかけた。

「クソがー！」

加藤の叫び声が神社に響く。

「次やったら、お前の勝ちだぜ」と言いながら赤城は加藤を起き上がらせ、端に連れて行き座らせた。

まるで少年ジャンプのようなやりとりに、みんな熱くなっていたが、ヒロシだけは変わらず逃げ出したい気持ちでいっぱいだった。赤城のほうが加藤より強いような気がして、ヒロシはゾッとした。

加藤は相当凄い。達也ではなく自分だったら太刀打ちできない。それよりもきっと赤城は強いだろう。ヒロシのマイナス思考が全開で頭の中を駆け巡った。

「このクソが！　ボケ」

勝者とは思えないボコボコの顔の達也が森木に支えられながら帰ってくる。それを見たヒロシは、自分の負けを確信した。

「よっしゃ。じゃあ次行きますか」テルがＭＡ－１を脱ぎ捨てる。

「殺ってやんぞ、おらっ」ニキビ面もダサい紫色のジャンパーを脱ぎ捨てる。

再び「行け！」「殺せ！」と応援合戦が始まると、ニキビ面が腰の入っていない蹴りを出す。テルはその足をつかむと逆の足を払ってニキビ面を倒し、あとは上に乗って殴りつづけた。テルの圧勝だった。

森木が止めに入るまでもなくテルが立ち上がり、「ナメてんじゃねえぞ。チンカス」と言って帰ってきた。

「テメエ。秒殺されてんじゃねえよ」

赤城がニキビ面の腕を持って引きずり、加藤の隣に座らせた。「やるならやっぱりあいつがよかった」とヒロシは溜息を吐いた。

「じゃあ次行くか」赤城が特攻服を脱ぐ。

「行けよ、ヒロシ。全勝にしろよ」達也が腫れてきて開いているのかわからないような目でヒロシを見た。

「もう俺らの二勝だから、べつにやんなくてもいいんじゃねえかな」

「そういうことじゃねえだろ」後ろで聞いていた赤城が叫ぶ。

「加藤は絶対に今日の借りは返すしよ。このボケはただのパシリだからよ。今、決めるのは俺がオメエより強いってことなんだよ」赤城がそう言いながらヒロシに近づいてくる。

「わかったよ、うっせえな。なんなんだよ、お前らはクリスマスに喧嘩喧嘩ってよ。鬱陶《うっとう》しいんだよ。クリスマスはな、ゴッドファーザーだって家でホームパーティすんだよ」ヒロシも開き直って赤城のほうに歩きだす。「お前はパンチパーマ当てて大仏みたいな顔してっからクリスマス関係ねえかもしれねえけどな」

「おい、喋ってねえで喧嘩するぞ」

赤城が首をコキコキと鳴らす。

ヒロシは腹を決めた。もうやるしかない。やるとなったら喧嘩は先手必勝だ。

「メリークリスマスだ、馬鹿野郎！」

そう言うとヒロシは赤城の金玉めがけて前蹴りを出した。赤城は一歩下がって難なくかわすと、すぐにヒロシの髪の毛をつかみ顔面に膝蹴りを入れる。目のあたりに強烈な痛みが走る。ヒロシは両手で顔をガードするが赤城はその上からお構いなしに膝蹴りを何発も入れてくる。そしてやっと膝蹴りが止み、髪の毛から手が離れたと思ったら、顔を横から蹴られた。鼻からオレンジを絞るように血がボタボタボタボタと垂れる。

「クッソー！　おらーっ」

ヒロシはがむしゃらに赤城にタックルをした。赤城はヒロシのタックルに押され後ろに下がると、神社の段差につまずいて転び、後頭部を地面に打ちつけた。

「ぐわっ」

赤城は腹を蹴ってヒロシを押し戻すと、後頭部を手で押さえた。

「よっしゃー」ヒロシはチャンスとばかりに、まだ体勢を立て直していない赤城の顔面めがけてパンチを放つ。見事クリーンヒット。

調子に乗ってもう一発パンチを出すと、赤城のカウンター気味のストレートがモロに鼻に当たった。後ろによろけてヒロシは尻餅をついた。すぐに赤城はヒロシの顔面に蹴りを入れる。

「死んどけ、こらっ」

赤城はヒロシに馬乗りになるとパンチを振りおろした。「森木、止めに入ってくれ」と思ったが、森木はまだ動かない。赤城が雨のように何発もパンチを浴びせ、「あっ、死ぬな」と思った時、森木がやっと止めに入った。

ヒロシは横になったまま、血だらけで腫れている顔に雪が降ってくるのを気持ちいいと思っていた。少しだけ積もった雪に血が垂れる。カキ氷にイチゴシロップをかけたようだ。

赤城は息を切らしながら立ち上がると、「次はテメエの番だ」と言ってテルを指差した。

ヒロシが赤城に倒されたあとで「テルVS赤城」のエキシビションマッチが行われた。

結果は、テルもかなり善戦したが赤城の勝ちだった。

達也が「俺にもやらせろ」と言ったが、赤城は「お前は加藤がケリつけに行くからよ」と言い、加藤とニキビ面を連れて帰っていった。

次の日の夜、二人は達也の家に現れ、「勝負しろ、こらっ」と言って、加藤は一晩寝て昨日よりも腫れた顔で達也に挑戦状を叩きつけ、達也もそれに応えた。結果は加藤の勝ちで、リベンジを果たした。

「俺もお前には借りがあるからよ」テルはそう言って、赤城と喧嘩した。テルはまた惜しくも負けてしまった。

そしてその次の日、今度は達也が調布に行って加藤に挑戦状を叩きつけ、加藤はそれに応え、達也が勝ってリベンジのリベンジを果たした。テルはまた赤城に惜しくも負けてしまった。

そんなことを毎日繰り返し、達也と加藤は勝ったり負けたり、「テルVS赤城」は毎回惜しくもテルの負けだった。

ヒロシだけはその喧嘩に毎日つき合わされた。五日目にヒロシが、「もうさ、行ったり来たりでお互いめんどくせえんだから、待ち合わせして喧嘩するようにしようぜ」と提案してからは、双方の家のちょうど中間あたりにある公園で待ち合わせをして、喧嘩をするようになった。

クリスマスから毎日喧嘩して七日目の大晦日、また待ち合わせをして喧嘩して、五人で新年を迎えた。

「もう新年迎えちゃったぜ」

ヒロシは毎日喧嘩につき合わされるのにうんざりしていた。

「あのさ、クリスマスも大晦日も元旦もこの五人で一緒にいるんだぜ。それで毎日喧嘩してんだろっ。喧嘩の真っ最中に除夜の鐘鳴ってたぞ」

四人はボコボコの顔でヒロシの話を聞いている。

「せっかく年明けだっていうのにカウントダウンもしてないんだぜ」

四人の喧嘩大好き不良少年も、さすがに毎日の喧嘩には飽きてきていた。

達也とテルは毎回正々堂々と喧嘩をする赤城と加藤を認めはじめていたし、その気持ちは赤城と加藤も同じだった。

「だからさ、今からうちに来て年越しそば食って、朝になったら雑煮食って、爆笑ヒットパレードで漫才見ながらミカン食って、夜になったらおせち食いながら酒飲もうぜ。毎日一緒にいるんだったら喧嘩するより遊んだほうが楽しくねえか」

ヒロシはいつものように早口で喋りきった。

しかし、みんなの顔を見ると、まだ「よし仲間になろう」とはなりそうもなかったのでヒロシはさらに続けた。

「達也とテルが薩摩藩だとしたら、赤城と加藤は長州藩なんだよ。いつまでもいがみ合ってないで薩長同盟みたいに仲間になったらいいだろう。まあ、俺はそれをまとめる坂本龍馬かな」

ヒロシは年末特番で得たばかりの知識を使った喩《たと》えがキマッたと思い、満足げな顔で四人を見たが、四人ともポカーンとしていた。

「だから、最初は敵だったピッコロ大魔王が、ベジータが地球に攻めてきた時に悟空と一緒に戦っただろ、そん時にピッコロが超心強かっただろ。まあ俺はピッコロと悟空を仲良くさせた孫悟飯だ」

「ああ」四人はやっと頷いた。

「もうさ、一緒に遊んじゃえばいいじゃん」

そう言ってからヒロシは一回黙って誰かが喋りだすのを待った。

「俺はいいけどよ」最初に答えたのは達也だった。

「俺もべつにいいけど」赤城に負けてばかりいるテルも渋々答える。

「そっちはどうなんだよ」ヒロシが司会者のように赤城と加藤に振った。

「お前の家ってこんな夜中に行っても大丈夫なのかよ」

赤城が見た目に合わない気遣いを見せたので、少しおかしかったがヒロシは笑わずに答えた。

「べつにうちなら大丈夫だから、来いって」

「じゃあ、お邪魔させてもらうか」赤城がまた顔に似合わないことを言うと、

「おう」と加藤が答えた。

「じゃあ、明けましておめでとうだな」

ヒロシがそう言うと、四人はボコボコの笑顔で「明けましておめでとう」と言った。

五人はヒロシの部屋に窓から入った。

ヒロシが一人でリビングに行くと、母親と姉とヒデ君が年越しそばを食べていた。

「どこ行ってたの？」母親が心配そうな顔で尋ねる。

「ヒロシ、そばウメエぞ」ヒデ君は家族の一員のような顔で迎えた。

「ヒデ君、来てたんだ」ヒロシはヒデ君の顔を見て、母親の前でする反抗的な顔から普通の顔に戻った。

「あのさ、友達来てるから、友達の分もそばねえの？」

「友達ってこんな夜中に大丈夫なの」母親はより一層心配そうな顔をした。

「大丈夫だよ、うるせえな」ヒロシの顔が反抗的になる。

「オメエ、母ちゃんにそんな口のきき方すんじゃねえよ」

「だってさ」ヒデ君に言われて何も言えなくなった。

「まあ、お母さん、大晦日とか元旦とかはツレと一緒にいたいもんですから。今日は特別に泊めてやれないっすかね」

「この子たちは年中一緒にいるのよ」

「でもさ、もう来ちゃってるんだからしょうがないんじゃない」姉が口を挟む。

「じゃあ、こっちに呼びなさいよ」

母親は最初からヒロシの友達にもそばを振舞うつもりだったのだろうが、小言を言わずにはいられない性格なのだ。

ヒロシは自分の部屋に戻り、四人を呼んだ。まず、達也とテルがリビングに入る。

「明けましておめでとうございます」

「どうしたの、その顔」母親が喧嘩でボコボコになった二人の顔を見て驚いている。

「こいつらとやったんっすよ」

続いて赤城と加藤が入ってくる。パンチパーマの中学生を初めて見た母親は、目を丸くした。

「夜分遅くにすみません。はじめまして、赤城です。明けましておめでとうございます」

赤城は丁寧に挨拶をした。その真面目さに全員が驚いた。

「加藤っす、明けましておめでとうございます」

加藤も赤城ほどではないが、きちんとした挨拶をした。

「ヒロシのお友達なの」母親はパンチパーマで顔を腫らした中学生が息子の友達であってほしくない気持ちと、そんな風貌なのにしっかりとした挨拶をしたことへの驚きが混じった複雑な顔で尋ねた。

「今日から友達になりました」赤城が礼儀正しく答える。

「こいつらと喧嘩してたんですけど、今日からツルむことになったんっすよ」

達也は普段は鬼のような喧嘩をする奴だったが、人の母親とかの前では人懐っこく喋り、アイドルスマイルで笑うので、ヒロシの母親も、息子とツルむ悪いお友達だが、憎みきれない子だと思っているようだった。

「なんでそんなに喧嘩ばっかりすんのよ。親からもらった大事な体を傷つけて」母親はパンチパーマにひるまず説教をする勇気を持っていた。泣き虫だが強い人だ。

「まあ、お母さん、こいつらはエネルギー余ってっから、どっかで悪さするよりも、こいつら同士で喧嘩するほうが健全ですって。こいつら同士の喧嘩は部活みたいなもんなんですよ」

ヒデ君の言葉を聞いて、ヒロシは自分だけ無傷なのがなんとなく恥ずかしくなった。

「俺がさ、こいつらの喧嘩まとめたんだよね」

ヒデ君はそんなヒロシの気持ちを感じたのか、

「そうか、ヒロシ。お前格好いいことしたな」と言ってニッコリと笑った。

「べつに格好よくはねえけどさ、普通だよ」ヒロシは嬉しそうに下を向いた。

「わかったわよ。じゃあ、おそば茹《ゆ》でてあげるから、その前にシャワー浴びなさい。そんな汚い格好でご飯食べないでちょうだい」

母親は結局、面倒を見るのが好きなのだ。それがたとえ不良であっても、「子どもは子ども」と最終的には思って接する人だった。

「もう、しょうがないね」

姉はそう言うと薬箱を持ってきて、忙しそうに手当ての準備を始めた。

「めんどくさい」と文句を言いながら、姉も人の世話を焼くのが好きだった。

全員シャワーを浴びて手当てが終わると、パンツの上にヒロシのTシャツを着て年越しそばを食べた。

母親と姉とヒデ君が先に眠ると、五人は朝まで酒を飲んで、ヒロシの一週間脱がなかったパンツのニオイを嗅いで盛り上がった。

そして次の日、森木とワン公とルパンが合流し、また朝まで飲んで、パンツのニオイを嗅いで盛り上がった。


そうやって一月三日まで赤城と加藤はヒロシの家に泊まり、すっかり仲間になって調布に帰っていった。

みんなが帰ったあと、部屋にはヒロシが貸したTシャツが脱ぎ散らかされていた。

「つたく汚ねえな」ヒロシはひとりごとを言いながらTシャツを拾い集めた。

すると、部屋の隅に一枚だけきれいにたたまれたTシャツが置かれていた。赤城の着ていたTシャツだった。

〝人は見かけによらない〟の代表みたいな奴だな。そう思ってヒロシは一人で笑った。

達也とテルと森木とワン公は、赤城と加藤に誘われてちょくちょく鬼兵隊の集会に顔を出すようになり、四人はパンチパーマをかけた。

その間にヒロシとルパンは高校を受験して合格していた。

ヒロシとルパンが合格した学校は、高校といっても名前さえ書けば入れるような商業高校で、悪くて有名な学校だった。受験の間だけ赤い髪を黒く染め、終わると金髪にした。

そして卒業式の朝を迎えた。雪の降る朝だった。

「なんだよ、まだ用意してねえのかよ」

ヒロシが達也の家のチャイムを鳴らすと、達也は、いつも寝る時に着ているトレパンにトレーナーで玄関を開けた。

「おう、上がれよ」

そう言うと達也は自分の部屋に戻り、布団の中に入った。

「なんでまたベッドに入るんだよ。卒業式どうすんだよ」

「もうちょっと寝てから行こうぜ」

「寝てたら卒業式始まるぜ」

「めんどくせえよ」

「じゃあ行かねえのな。俺はべつにどっちでもいいけど」

ヒロシは転校してきてから学校へはほとんど行かずに達也たちと遊びまわり、たまに行ってもほんの少し教室に行き、女子にちょっかいを出して、あとはだいたい校舎裏で過ごしていたので、達也たち以外の友達もいない。

だから卒業式なんて行っても行かなくてもどちらでもいいと思っていた。

「卒業式が終わったぐらいに行こうぜ」

達也はヒロシ以上に卒業式に出るつもりがない。

理由はめんどくさいからだった。それでも達也の場合は三年間通った学校なので同級生に別れを告げたり校舎を見納めたりしたいらしく、「卒業式が終わったぐらいに行く」という結論になったのだ。

達也の母親は看護婦の仕事の夜勤明けにそのまま卒業式に向かうことになっていたので、家にはいなかった。

た。


「もうちょっと寝るわっ」

そう言い残すと、達也は三秒で眠った。

ヒロシは達也が眠ってしまったので漫画を読んだ。

しばらくするとチャイムが鳴った。達也はチャイムに反応して一瞬だけ目を覚まし、「ヒロシ出て」と言ってまたすぐ眠った。

「自分で出ろよ」ヒロシはぶつくさ文句を言いながら玄関に向かう。

「はい」ヒロシがドアを開けるとテルが立っていた。

「なんだよ、テルかよ」

「やっぱ卒業式行ってねえか」

「上がれよ」

ヒロシは自分の家のように言うと達也の部屋に戻った。

「お前さ、卒業式の日ぐらい俺らんとこ来てねえで自分の学校行けよ」

ヒロシは自分のことを棚に上げてそう言った。

「めんどくせえよ」

「お前、自分の学校に友達いねえだろ」

「そんなことねえよ。ツレは卒業してもいつでも会えんだろうが」

「俺らだっていつでも会えんだろうが、っていうか毎日のように会ってんだろ」

「どっちもいつでも会えるなら、毎日会ってるほうと会ったほうがいいだろうが」

「よくわかんねえよ」

そう言うとヒロシは読みかけの『ドラゴンボール』を手に取った。

「お前さ、人が来てんのに漫画読んでんじゃねえよ」

「勝手に来たんだろ」

「勝手にでも来たんだからよ、あきらめて話せよ」

「わかったよ」

ヒロシはしぶしぶ漫画を置いた。

「お前さ、高校行くんだろ」テルはジャケットを脱いで達也の弟の椅子にかけた。

「行くよ。テルはどうすんだよ。高校行かねえんだろ」

「行かねえよ」

「でっ、どうすんの」

「とりあえず、達也とかと族に入るだろうな」

「じゃあ、みんな鬼兵隊に入るんだな」

達也たちは赤城たちと一緒に鬼兵隊に入ることが決まっていた。

「ヒロシは鬼兵隊に入らねえのかよ」

「入んねえ」

「なんでだよ、お前も入れよ」

「俺さ、バイクとか速《はえ》えし、怖えよ」

「ビビッてんじゃねえよ」

「だって、族ってメットとかかぶんねえじゃん」

「かぶりゃいいだろ」

「俺だけかぶったら格好悪いじゃん」

「なんだよ、それ」

「それにさ、鬼兵隊ってパンチパーマじゃねえとダメじゃん。俺、嫌だもん、十五でパンチパーマとか」

「ビビッてんじゃねえよ」

「いや、パンチはビビるとかじゃねえだろ」

「お前いねえとつまんねえだろ」

卒業式には行かないくせに、テルの気分は卒業式になっていた。高校に進学が決まっているヒロシが、遠くに行ってしまうような気がするのだろう。

それを感じたヒロシは、

「まあさ、俺とルパンは高校生、テルたちは暴走族になるけど、さっきテルが自分で言ってたじゃん」

「なんだよ」

「いつでも会えんだろ、だって俺らツレなんだから」

「……そうだな」

そう言うテルは涙目になっていた。テルは単純な男で、とても涙もろかった。

「おいおい、泣くなら卒業式行って泣けよ」

「うるせえな」テルはまるで漫画に出てくるガキ大将がやるみたいに、乱暴に涙を拭いた。

その時、ピンポーンと、またチャイムの音がした。

「ヒロシ出て」達也はまた一瞬だけ起きて三秒で眠った。

「ったくよ……」ヒロシはまたぶつぶつと文句を言いながら玄関に向かった。

「はい」ヒロシが玄関を開けると、そこにはヒデ君が立っていた。

「ヒロシ、お前なんで卒業式行かねえんだよ」

ヒデ君は怒っていた。

「なんで、ヒデ君がいるんだよ」

「今日は雪が降ってっから仕事休みで家にいたんだよ。そしたら姉ちゃんから電話あってヒロシが卒業式に行ってねえって聞いたんだよ」

それでヒデ君はヒロシが行きそうなところを車で探しに出かけ、一発目の達也の家で発見したのだ。

「お前、卒業式の日ぐらい学校行けよ」

「べつにいいじゃん」

「よくねえよ」

そう言うとヒデ君は勝手に上がり込み、ヒロシを押しのけて達也の部屋に入った。

「こんちわっす」

テルは玄関から聞こえてくる会話で、ヒデ君がヒロシを迎えにきたことを察知していた。

「お前も来てたのか」そう言いながらヒデ君は達也の布団をめくった。

「おらっ、達也起きろ」

達也は玄関の声ですでに目を覚ましていたが、寝たふりを決め込んでいた。

「起きろ、ほら」ヒデ君が達也の肩をつかんで無理やり起こす。

「なんだよ、ヒデ君」

「なんだよじゃねえよ。卒業式に行けよ」

「めんどくせえよ」

「めんどくせえよ。めんどくせえけどちゃんと行くんだよ」

ヒデ君は涙目になっていた。その涙目のままヒロシ、達也、テルの三人の目を順番に見つめて言った。

「めんどくせえと思っててもな、何年かあとに酒飲んでる時、絶対に笑って話すんだよ。お前らはこれからも会うだろうけど、今日で一生会わない奴だっていっぱいいいんだろ」

ヒロシはヒデ君の言葉に弱かった。テルはヒデ君が迎えにきて熱く語っているだけで感動して泣いていた。

「達也、行こうぜ」

ヒロシはハンガーにかけられた制服を達也に投げた。

「大して仲良くなかったけど、面白い顔の奴とか、中学生のくせにハゲてる奴とか、確かに笑えるぜ。最後にもう一回見とこうぜ」

「ったくよ。めんどくせえな、ヒロシがそいつらのこと覚えといて面白く話せよ。俺はどうせすぐ忘れっからよ」

そう言いながらも、達也は制服に着替えはじめた。

ヒデ君の車に乗って達也とヒロシ、そしてなぜかテルまでが狛江北中学校の卒業式に向かった。ヒデ君はいつも一緒にいるテルを北中の生徒だと思っていたのだ。

三人ともヒデ君に「テルは別の中学だ」と言うタイミングがないまま学校に到着した。

「お前ら、ちゃんと行けよ」

そう言ってヒデ君は門の前でヒロシたちを見送った。

「せっかくだから、テルも北中の卒業式出ちゃえよ。一人ぐらい混じっててもわかんねえだろ」達也が笑いながら言う。

「そうだな」テルはあっさりその提案を受け入れた。

「まあ、それならきっと何年かあとで酒飲んだ時に笑えんだろ」ヒロシはそう言ってテルの肩に腕を乗せた。


体育館のドアは開きっぱなしになっていた。

すでに卒業式は始まっていて、舞台の上ではハゲの校長が卒業証書を卒業生に渡していた。まだB組が呼ばれていて、ヒロシのクラスも達也のクラスもまだ呼ばれていなかった。

舞台に向かって右端に教師たちが並んでいるので、姿勢を低くして左端をこっそり進む。

一番後ろの父兄の横を通ると、ヒロシの母親がヒロシたちに気がつき「何してんの」と口を動かしたが、すぐに卒業式に間に合ってくれたことで嬉し泣きを始めた。

次に在校生の横を通り抜け、卒業生の列に適当に紛れ込もうとすると、ワン公が気づいて「おう」と言って手を振ったので、まわりの卒業生が一斉に振り向いた。森木とルパンも気がついて手を振る。

開き直ったヒロシが大きな声で、

「遅れちゃったんすけど、卒業証書もらっちゃっていいっすかね！」と言うと、卒業生がドッと笑った。

ワン公が「フウ――」と奇声を発する。

「静かにしろ！」

舞台の横で出席番号順に生徒を呼んでいたマウンテン体育教師がマイクで叫ぶ。体育館はすぐに静寂を取り戻した。

「卒業証書はやるから大人しく待ってろ！」

そう言ってマウンテン体育教師は大きく息を吸い込むと、

「よく来たな」と言って泣きながら次の生徒の名前を呼んだ。

卒業生全員が卒業証書を受け取ると蛍の光を歌った。

ヒロシは転校してからの六カ月を振り返った。濃厚な六カ月だった。転校する前に思い描いていた通りの不良中学校生活を送った。達也との出会いに始まり、数々の喧嘩、警察、家庭裁判所、思っていた以上にハードな毎日だった。そして思っていた以上に楽しかった。

会場のあちらこちらから泣き声が聞こえてくる。つられてヒロシも泣いた。隣を見ると達也も泣いていた。達也でも泣くことがあるんだなと思った。

口ではめんどくせえと言いながらも卒業式で泣く、普通の中学生らしいところもあるんだと感心した。そして達也が泣いていたことで余計に泣けてきた。

ズズズーッ。横で鼻をすする物凄い音が聞こえたので見ると、テルが号泣していた。ヒロシは泣きながら、「お前の学校じゃないのに、なんでそんなに泣いてんだよ」

するとテルはジャケットの袖で涙を拭い、もう一度、ズズズーッと鼻水を思い切り吸い込んでから、

「どこでやっても、ズズッ、卒業式は卒業式だろ、ズズーッ」

「お前は本当に単純だな、ズズズーッ」と言いながらヒロシも鼻水をすすった。

こうしてヒロシの中学校生活は幕を閉じた。

4

不良漫画の舞台といえば高校だ。もともと漫画の不良に憧れて転校したヒロシは、高校に行くのが楽しみでしょうがなかった。

ヒロシとルパンが入った川西学園の制服は学ランだった。中学はブレザーだったので、ヒロシは学ランが嬉しくてしょうがない。

春休みにヒデ君のところでバイトをさせてもらって、その給料で裏地に龍の刺繍の入った特注の中ランを買った。ボンタンはルパンと一緒に万引きした。

初登校の日まで毎日それを着てみては鏡の前でポーズを決めてニヤついていた。

靴は喧嘩用に、つま先に鉄の入った安全靴を万引きした。

学生鞄は芯を抜きタコ糸でぐるぐる巻きにしてペッタンコにし、板金屋の先輩にちょうどいい大きさに切ってもらった鉄板を用意した。

髪の毛はブリーチをしたまま眠り、人形のような金髪になっていた。

高校生活への準備は完璧だった。


そして待ちに待った高校入学式の朝がきた。

母親に起こされるより前に布団から飛び出すと、シャワーを浴びて金髪の頭をオールバックにした。

まだ家を出るまでに一時間以上あるのにボンタンを穿いて中ランを羽織る。鞄に巻いてあったタコ糸を切り、中に鉄板を入れる。殺し屋が拳銃に弾を込めるみたいだな、と馬鹿みたいなこと考え渋い顔をつくってみる。

待ちきれない気持ちでいっぱいになりながら、さらにテンションを上げるために『湘南爆走族』を読んだ。

しばらくするとルパンが迎えにやってきて一緒に家を出た。ヒロシとルパンは春風の中、高校の制服で町を歩く気持ちよさを満喫し、これから始まる高校生活の話で盛り上がった。

駅に着くと達也とテルと森木がいた。

「おう、随分キメてんじゃねえかよ」達也がヒロシに近づきながら言った。

「初日だからよ」

ヒロシにはわかっていた。テルと森木はともかく、達也はヒロシとルパンが高校に行くのを面白く思っていなかった。

　だからわざわざ早起きをして初登校を邪魔しにきたのだ。

「達也にしてはえらい早起きじゃねえかよ、何してんの」

「知ってるか、これ」

　達也が何やらジュースの缶を前に突き出した。

「何これ」

　ヒロシは缶を受け取ると、ラベルを読んだ。

「人参茶」

「一口飲んでみ」

　ヒロシは言われたとおりに飲んでみた。

「まずっ、うええっ、超まじいなこれ」

　達也、テル、森木が笑う。

「今よ、このクソまじいお茶を通行人に飲ませて遊んでんだよ」

「なんだ、その遊び。何が楽しいんだよ」

「ヒロシもやってみろよ」

「俺らは今から学校に行くんだっつうの」

「いいだろ、お前が一人で誰かに飲ませたら終わりだからよ、すぐ終わんだからやってけよ」

「俺はいいよ。やりたい奴がやりゃあいいだろ」

「やっぱヒロシ、高校行って変わったな」

「変わるも何もまだ一回も行ってねえし」

「なんだよ、つき合い悪《わり》いな」

ヒロシはこの「つき合い悪い」というのに弱かった。

「わかったよ、やりゃあいいんだろ。一人飲ませたら速攻行くぜ」

ヒロシがそう言うと、達也は満足そうに笑った。

ヒロシはすぐに飲みそうな奴を探す。

するとちょうど目の前のファーストフード店から気の弱そうなアルバイトの青年が、黒いセカンドバッグを脇に抱えて出てきた。

早く学校に行きたいヒロシはターゲットをその青年に決め、走って近寄り目の前で立ち止まった。青年はビックリしてセカンドバッグを抱きかかえた。

ヒロシは一度達也のほうを振り返り、もう一度青年を見ると人参茶を突き出し、

「これ、飲んでくれねえかな」と言った。

　すると青年は「何言ってんだ」と言い返した。見かけによらずしっかりとした口調だった。

　ヒロシはこのまったく面白くないゲームを早く終わらせたかったので、断られたことに少し苛《いら》ついた。

「いいから飲めよ」

「なんで飲まなきゃいけないんだよ、そこどいてくれよ」青年は力強くそう言うとヒロシをよけて前に進もうとした。

「待てよ」

　ヒロシはすぐに体を横にずらして再び青年の前に立ちふさがった。

「飲めっつってんだろ」

　青年の顔に無理やりジュースの缶を押しつける。

「やめろよ」

　そう言うと青年は缶をつき返した。人参茶がこぼれ中ランにかかった。高校にたどり着く前に中ランは人参茶の餌食となってしまったのだ。

　ヒロシはキレた。まさに逆ギレだ。

「テメエ、何してんだ、こらっ」

「自分が変なモン押しつけるからだろ」

青年の言う通りだ。

「黙れ、こらっ」

そう言うとヒロシは人参茶の缶を持った手で青年の鼻を思いっ切り殴った。青年はファーストフード店の青い制服に鼻血を垂らした。ヒロシはすぐに青年の髪の毛をつかむと目の前の花屋の店先に並んだ花の上に投げ飛ばした。

「テメエ、こらっ、起きろ、ボケッ、こらっ」

ヒロシは怒鳴り散らしながら、青年の髪の毛をつかんで無理やり起こした。

するると青年が大きな声で叫びだした。

「誰か助けてください、強盗です！　店の売上金を」と言って黒いセカンドバッグを守るように抱いている。

「なんのことだよ」ヒロシが状況を飲み込めず困惑していると、

「ヒロシ逃げろ！」達也が何かを指差して叫んでいる。

ヒロシが達也の指先を見ると警官が二人走って近づいてきている。不良が通行人に絡んでいると花屋のおばちゃんが通報したらしい。

「ヤベエ」

ヒロシが走りだそうとすると青年が足にしがみついて離れない。

「テメエ、離せ、こらっ」

達也たちはすでに、だいぶ遠くまで逃げている。警官は目の前まで迫っていた。

「離せっつってんだろ」

ヒロシは力ずくで振りほどいて逃げようとしたが、バランスを崩し倒れた。

「何してんだ」

見上げると警官が立っていて、ヒロシは逮捕された。


「今回はシャレになんねえぞ、お前」

少年課の江藤はいつも以上に大きな声で言い取調室の机を叩いた。

「お前らはな、不良同士で喧嘩してる分にはまだかわいいもんだ。でもな真面目に働いてる人間襲って金奪おうとしやがって、この糞ガキが」

「なんのことだよ」

「強盗傷害だぞ」

「ちょっと待ってくれよ、なんだよそれ」

ヒロシはなぜ江藤が「強盗傷害」と言っているのかわからなかった。わからなかったがとにかく、ヤバいことになっているということだけはわかった。

警察には何度も捕まって慣れていた。しかし「強盗傷害」という言葉はニュースの中でしか聞いたことがなかった。自分とは無縁の、大人の犯罪のはずだ。

ヒロシには、取調室がいつもより狭く、江藤がいつもより恐ろしく感じられた。

「しらばっくれてんじゃねえぞ」

「なんのことだかわかんねえっつってんだよ」

「お前は、あのアルバイトが持ってた黒いセカンドバッグを狙ったんだろ」

青年が大事そうに抱えていたセカンドバッグのことだ。

「違うよ」

「あれはな、あのお店の売上金が入ってたんだよ」

顔から血の気が引いていくのがわかった。

「知らねえよ、そんなこと」

「じゃあ、なんでいきなり殴ったんだ、言ってみろ」

「それは、あれだよ……」言葉に詰まる。

「言えないんじゃねえかよ、売上金を奪うためだろ」

「違うっつってんだろ」

「じゃあなんで殴った」

「人参茶飲まねえからだよ」

「はあ？」

「人参茶を飲まねえから、殴ったんだよ」

「何わけのわからないこと言ってんだ」

「だから、人参茶を飲ませるゲームをしてて、飲まなかったから殴ったんだよ」

「そんなくだらない嘘が通用すると思ってんのか」

「嘘じゃねえよ」

嘘ではなかったが、自分で言ってても嘘臭い話だとは思った。とても苦しい状況に追い込まれていた。

「その遊びの何が楽しいんだ」

「俺もべつに楽しいとは思わねえよ」

「じゃあなんでそんなことしてたんだ」

仲間を売るわけにはいかないので、達也たちの名前は出せない。

「暇だからだよ」

「ふざけるな！」

江藤が一段と大きな声で叫ぶ。

「お前は、暇だからっつって人参茶飲ませようとして、飲まなかったら殴るのか！　そんな馬鹿みたいな話が通用するわけないだろ」

確かに通用するわけがない。

「本当なんだって」

ヒロシは自分でも馬鹿みたいな話をしていると思いながらも必死で訴えた。

「強盗なんかしねえって」

泣きそうだった。

「今回は家裁はまぬがれないぞ。ヘタしたら少年院だ」

「そんな……」

今日から晴れて高校生のはずだった。お気に入りの中ランに金髪で、初登校のはずだった。それが「人参茶ゲーム」というわけのわからない遊びのために少年院送りになろうとしていた。

江藤は溜息を吐《つ》いて取調室から出ていった。

少年課の取調べは、次々と刑事が入れ替わり、何度も同じ質問を繰り返す。事件のこと、学校のこと、家族のこと、繰り返し同じ話をさせられた。

何回か刑事が入れ替わると再び江藤が取調室に入ってきた。

「おい、ヒロシ」

ヒロシは何回も同じ話をさせられたのと、少年院に送られるかもしれないというストレスで疲れきった顔を江藤に向けた。

「被害者の彼がお前に会いたいそうだ。本当はダメなんだが、知り合いかもしれないって言って、どうしても会いたいそうだ」

「知り合い？」

なんのことだかわからずに江藤の話を聞いていると、江藤が後ろを向いて手招きをし、顔を腫らした青年が入ってきた。

「やってくれたね」

青年は腫れた顔で笑顔をつくってそう言った。

「ああ」

ヒロシは何がなんだかわからないまま答えた。

「お前はちゃんと謝れ」

江藤が手を組んでヒロシを睨んだ。

ヒロシは謝ればほんの少しでも罪が軽くなるかもしれないと思い、「すいません」と言った。

「本当だよ」青年は相変わらず笑顔だった。「あのさ、お前兄ちゃんいない？」

「えっ」

唐突な質問にヒロシは戸惑った。

「陸上やってる兄ちゃんいるだろ」

ヒロシの兄は確かに高校で陸上部に入っていた。

「いるけどなんでだよ」

「やっぱ、信濃川の弟か」

青年はさらに満面の笑みを浮かべた。ヒロシは相変わらず状況が呑み込めないでいた。

「いやさ、俺もずっと隣の取調室で被害届とか書かされてたんだけど、お前が家族とかの話してて、ひょっとしたらと思って、刑事さんに名前聞いたら信濃川って言うからさ、絶対弟だと思ったんだよ」

ヒロシにもようやく話が見えてきた。

「お前の兄ちゃんと五〇〇メートル走の都大会で一緒になってさ、よく喋る兄ちゃんだよな。初対面だったのにすぐに仲良くなってさ」

ヒロシの兄は、お喋りな上に人見知りをまったくしない男で、そこら中で親友をつくってきた。

「やっぱそうか。信濃川の弟だったら被害届出さなくていいや」

助かった。

「刑事さん、告訴取り下げます」

青年はヒロシに対する被害届を取り下げ、慰謝料も治療費以外は請求しなかった。

これほどボコボコにされたにもかかわらず、信じられない対応だった。ヒロシは兄のお喋り好きのおかげで少年院行きを免れたのだ。

「よかったな」江藤が珍しく笑顔で言った。

いつもは鬱陶《うっとう》しいと思っていた兄の異常なまでのお喋りと愛想のよさに感謝した。


ヒロシの合格した川西学園の一年生は、普通科五クラスと商業科二クラスの七クラスで、ヒロシは商業科のA組だった。

商業科のほうが普通科よりも偏差値が低いため、不良も多く校舎も荒れていた。壁にはいたるところに落書きがあり、何箇所か窓ガラスが割られベニヤ板が貼られていた。

高校生活初日を警察の取調室で過ごしたヒロシの初登校は、入学式の次の日になった。

「ヤバかったぜ、マジで。そいつが兄貴のツレじゃなかったら少年院行きだったかもしれなかったんだぜ」

ヒロシは自分のクラスに入ると、わざと大きな声で昨日の武勇伝をルパンに話した。

今日から同級生になる不良生徒たちに、自分はグレードの高い不良だということをアピールするためだった。

「マジかよ」

ルパンもそれに応えるように大きな声でリアクションをとった。

昨日、達也たちと駅前から逃げたルパンは、一時間遅れで川西学園にたどり着いていた。

「ここだよ、ヒロシの席」

ルパンが昨日決まった席をヒロシに教える。ヒロシは自分を大きく見せるように足を開いてふんぞり返って座った。

入学式を休んだ男が、大きな声で警察に捕まった話をしているので、クラス中がヒロシに注目していた。

不良の多いクラスで自分を只者《ただもの》ではないと思わせる作戦はスムーズに進行していた。

「でっ、強《つえ》え奴とかいるわけ？」

ヒロシは一段と大きな声を出してまわりを見渡した。このハッタリはやり過ぎだったようで、クラス中の視線が敵意に変わった。

ヒロシは、失敗したと思い、すぐに「見たところ根性入ってる奴、結構いるみたいだけどよ」とフォローの言葉を付け足した。

すると教室の後ろの入り口から聞き覚えのある声が聞こえてきた。

「オメエかよ、初日に休んでたのは」

声の主は中学時代の宿敵ニキビ面だった。

赤城と加藤と仲良くなってからニキビ面との喧嘩はなくなり、たまに町で顔を合わせても互い相手にしていなかった。

「なんで、オメエが高校なんかに入れるんだよ」

ヒロシは言葉とは裏腹に、それがたとえニキビ面でも同じクラスに知り合いがいることを心強く思った。

今日からは達也もテルもいないので仲間は一人でも早めにつくったほうがいいと思っていた。

「オメエが入れる高校なんだから、俺だって入れんだろ」

ニキビ面も同じ考えのようで、ニヤつきながら近づいてきた。

「オメエと俺じゃ、学力が違うだろ」

ヒロシは強気な自分を演出しつつ、こいつを仲間に引き込もうと考えた。

「名前さえ書ければ入れる学校で、学力も糞もねえだろ」

これまたニキビ面も同じ考えのようで、強気とフレンドリーの混ざった物の言い方をした。

「なんだよ、お前名前書けたのかよ」

ヒロシがそう言うと、ニキビ面とルパンが笑った。

「オメエは相変わらず口ばっかりだな」

そう言うとニキビ面はヒロシの隣に座ってタバコに火をつけた。

ニキビ面の名前は住田といって仲間からは「スーミン」と呼ばれていたので、ヒロシもこの日からニキビ面をそう呼ぶようになった。


A組には他に、ヒロシの小学校の同級生やスーミンの中学時代の仲間もいて、ヒロシとスーミンを中心にすぐに一つにまとまった。

その一方でB組はゴジラと呼ばれる男を中心にまとまっていた。

高校が始まって三日ほど経つと、三年にいるスーミンの地元の先輩がA組にやってきて

「一年は誰が仕切るんだよ」と言った。

この言葉をきっかけにヒロシとスーミン率いるA組VSゴジラ率いるB組の抗争が始まった。

最初に攻撃を仕掛けたのは、もちろんヒロシとスーミンだった。

放課後、十人ほどで駅に行きB組の誰かが来るのを待ち、現れた五人組に襲いかかるとボコボコにしてすぐにその場から走って逃げた。

次の日ゴジラがA組に乗り込んできて、

「テメエら、やってくれたな。こっちも黙ってねえからよ」と言って教室から出て行くと、その日の放課後A組の三人がやられた。

それからは毎日、学校の中でも外でもいたるところでA組とB組は喧嘩になっていた。

ケガで学校を休む奴や、停学になる奴が相次いだ。


「結構大変だぜ高校生も、なあルパン」

ヒロシは達也、森木、テル、ワン公、ルパンとファミレスに来ていた。

「あいつらもなかなかしぶとくてよ」

ヒロシは高校に入ってからのB組との抗争を自慢げに、そして大げさに話していた。

「そんなもん、一気にケリつけりゃいいだろうがよ」

達也は自分の喧嘩の話は好きだが他人の喧嘩の話はあまり好きではなかった。

「俺らも参加させてくれよ」

テルがチョコレートパフェの生クリームを口に運びながら言った。

「何言ってんだよ。お前らは関係ないだろ」ヒロシが答える。

「面白《おもしれ》えじゃん。行こうぜ」

達也が、ヒロシの喧嘩自慢を聞いてる時とは打って変わって楽しそうな顔で言った。

「ちょっと待てって」

達也たちが参加して無茶をしすぎれば、高校を辞めなければならなくなるのではないかとヒロシは心配になった。

「いいじゃねえかよ、ヒロシ。俺らも最近暇でよ」

森木が身を乗り出した。

「森木まで何言ってんだよ」

「ヒュ――」ワン公が奇声を発する。

「うるせえよ」ヒロシがしかめ面でワン公を睨む。

「なんだよヒロシ、不満そうな顔してんじゃねえよ。友達のピンチを救ってやろうっつってんだろ」達也がタバコに火をつける。

「べつに頼んでねえし、だいたいピンチじゃねえし、助けるも糞も喧嘩がしてえだけだろ」

「バレたっ」テルが舌を出す。

「かわいくねえよ」ヒロシは抵抗したが、結局最後には「わかったよ、じゃあ来いよ」と言った。

次の日の朝八時頃、ヒロシの案内で達也、森木、テル、ワン公は川西学園の近くの公園に来ていた。普段は朝の八時なんかに絶対起きない連中だったが、喧嘩となると全員が待ち合わせ時間より早く集まった。

作戦はスーミン率いるA組が十五人ずつ三班に分かれて、B組の奴らをこの公園まで次々に連れてくる。その連れてこられた奴とヒロシや達也たちが喧嘩するというものだった。

作戦通りにB組の奴らは公園に連れてこられた。一人しか連れてこなかった時はタイマンで勝負した。三人の時は三人、四人の時は四人、代表が出て喧嘩をした。メンバーはそのつどジャンケンで決めた。達也たちはジャンケンで勝つと「よっしゃー！」と言って、とても嬉しそうに喧嘩をした。達也たちはこのB組狩りをゲーム感覚で楽しんでいた。

負けたB組の連中は正座をさせられて次の餌食がやってくるのを一緒に待たされた。達也たちはやはりとても強く、B組の半数以上と喧嘩しても一回も負けることはなかった。

「ゴジラって奴まだ来ねえのかよ」

達也が、負けて正座させられているB組の連中にそう言うと、ヒロシのほうに向き直って続けた。「頭やんねえと意味ねえからよ、なあヒロシ」

「ゴジラは俺がやるからよ」

ヒロシはいつになくやる気だった。

「地元のツレ呼んで、B組狩りやってよ、その上ゴジラまでお前らの誰かがやっちゃったら、それはもうA組の勝ちとは言えねえからよ」

高校生活を楽しくやっていく上で自分のちゃんとした手柄がほしかったのだ。

「お前で大丈夫かよ、ヒロシ根性ねえからな」

達也はヒロシを小馬鹿にした感じで言った。ヒロシは少しムッとした。

「喧嘩は根性じゃねえんだよ」

「根性だろ」

達也がすかさず言った。

「根性じゃねえよ。コツだよ」

「なんだよコツって」

「俺は、赤城とタイマン張った時から研究して、完全に喧嘩のコツをつかんだね」

「なんだよ言ってみろよ」

「まず先手必勝だろ」

「そんなの当たり前だろ」

「相手が臨戦態勢整える前に髪の毛つかんでよ、あとは顔面に膝蹴りの連打だよ。髪の毛つかまれたら強え奴でもなんにもできなくなるからよ」

「まあそうだな」

「だから、お前らは髪の毛つかまれないようにパンチパーマにしてんだろ」

「よくわかってんじゃねえかよ」達也は感心した顔でヒロシを見た。

「オメエらもよく見とけ、こらっ！」

正座させられているB組の面々を指差してヒロシは怒鳴り、〝キマッた〟と思った時、後ろから声がした。

「やっとゴジラ見つけたぜ」

スーミンたちがゴジラの腕をつかんで公園の入り口に立っていた。

「テメエら、汚ねえマネしてんじゃねえよ！」ゴジラが叫ぶ。

ゴジラの頭はスポーツ刈りになっていた。

「テメエ、散髪してんじゃねえよ」ヒロシが叫んだ。

「わけわかんねえこと言ってんじゃねえぞ」

「お前、毎日ウチと喧嘩してんのに、呑気に散髪してんじゃねえって言ってんだよ」

「あっはっはっは」

達也、テル、森木、ワン公が一斉に笑った。

「やっぱ俺がやってやろうか」

達也が笑いながらヒロシの肩を叩いた。

「うるせえ、見とけよ」

そう言うとヒロシはゴジラめがけて走っていった。

「やんのか、こらっ」

ゴジラは押さえられてる腕を振りほどくと前に出た。

「しゃあ、ウラッ」

ヒロシが蹴りを出すと、かつて喧嘩した時に達也がヒロシにしたように、ゴジラは脛で蹴りを受け止めた。

「イッテエエエ」

ゴジラが脛を押さえて倒れ込む。

「俺の靴は鉄が入ってんだよ、馬鹿」

そう言うとヒロシは、もう一度ゴジラの脛に安全靴で蹴りを入れた。

「イテエエエ」

すかさずゴジラの奥襟を取って顔面に膝蹴りを叩き込む。

「どうだ、おらっ」

ヒロシは調子に乗って何発も顔面に膝蹴りを入れた。その時「何やってんだ、お前ら」警官が二人現れた。達也たちもA組も正座をさせられていたB組も、みんな一斉に公園から逃げだした。ヒロシもゴジラから手を離し逃げようとしたが、二人の警官は現場に来た時に膝蹴りをしていたヒロシに的を絞り、一直線に追いかけてきた。

ヒロシはあっけなく捕まった。

「なんで俺なんだよ」

ヒロシは高校生になって二度目の逮捕となった。

◇

警察に捕まったヒロシは、またまた取調べを受けた。高校の近くの警察なので江藤をはじめとする馴染みの刑事はいなかった。

しかしどこの警察署も少年課の取調べは同じようなもので、血気盛んな若い刑事、迫力のある強面《こわもて》の刑事、そして穏やかなベテラン刑事のトリオが順番に同じ話を何度も聞いてくる。

刑事の話では公園の隣にあるマンションの住人が通報して、警官が出動したらしい。

いつものように注意を受け、迎えにきた母親が号泣し、ヒロシは家に帰った。

しかし、中学時代と違うのはもう義務教育ではないというところだった。

マンションの住人は川西学園にも苦情の電話をしていたらしく、次の日ヒロシをはじめ喧嘩に関わったすべての生徒が出席番号順に職員室に呼び出された。

その結果A組のヒロシとスーミン、B組のゴジラの三人が、この抗争の首謀者とみなされ「坊主&無期停学」が通告された。

「ふざけんなよ、なんで坊主になんかされなきゃなんねえんだよ」

ヒロシは坊主が尋常じゃなく嫌いだった。

子どものころに野球観戦に連れていかれ、たまたま至近距離で長嶋茂雄の刈上げを見た時「青くて恐い」と言って大泣きをしておじいちゃんを困らせた。それがトラウマとなり、以来、髪の毛を短く刈り込むのが大嫌いなのだ。

「ったく冗談じゃねえよ。明日坊主頭見せにきて、そしたら無期停だってよ」

ヒロシは校舎裏でタバコをふかしながらルパンに愚痴った。

「だいたい、お前はなんでセーフなんだよ」

「だって、俺見てただけだもん」

ルパンがいつものように眉を片方吊り上げる。その時だった。

「お前ら何してるんだ」

ついさっきヒロシに「坊主&無期停学」を通告した生活指導の教諭がこちらに駆け寄ってくる。

ヒロシは慌ててタバコを足で踏み消した。

「お前、タバコ吸ってただろ」

「吸ってません」と言った口から煙が出た。

「吸ってんじゃないか」

ヒロシは黙って下を向いた。

「無期停学が決まったばっかりで学校内でタバコ吸うとはなんだ。こっち来い」

ヒロシはそのまま職員室に連れていかれた。

「退学だ」

驚くほどあっさりと言われた。ヒロシは高校というものを甘く見ていた。中学時代は説教されたらそれで許された。少年課の江藤は柔道場で散々投げると「もう二度とやるんじゃねえぞ」と言って帰らせてくれた。

しかし義務教育が終われば、問題を起こした人間は切り捨てられる。それはヒロシが初めて直面した社会のルールだった。

ヒロシが家に帰ると、母親は、いつものように泣くこともなく、疲れきった顔でただ「退学になったのね」と言って自分の部屋に戻っていった。

ヒロシは部屋に戻ると二度と着ることはない中ランとボンタンを脱いで布団に投げつけた。楽しみにしていた高校生活はわずか二週間で終わったのだった。

高校を中退したヒロシはヒデ君の働いているところで鳶職《とびしょく》のアルバイトをすることになった。

「はぁ、十六で労働者かよ」ヒロシがヒデ君の運転する車の助手席で溜息を吐く。

「元気出せよ。俺も十六から働いてんだぜ」ヒデ君はいつものように鼻毛をなびかせながら運転している。

「ヒデ君は鳶が好きでやってんじゃん」

「まあな、自分の家は自分で建ててえからよ」

「またそれかよ」

ヒロシは車の窓を全開にして肘を置き、タバコの煙を外に吐き出した。

「俺はさ、はっきり言ってまだ何になりてえのかわかんねえからさ、とりあえず高校行きながら遊びたかったのにさ」

「だったら喧嘩なんかしなけりゃよかっただろ」

「ヒデ君だって喧嘩してただろ」

「だから俺も中退して、それからはきっちりやりたいこと見つけたんじゃねえかよ」

「そうだけどさ」

「ヒロシもすぐに見つかるよ。それまではとりあえず働いて金稼いどけよ。エラそうなこと言ってて金ねえと格好悪いだろ」

「まあね」

「とりあえず見習いだけど二十万ぐらいもらえると思うからよ」

「マジで？」

十六歳にとっての二十万は大金だった。ヒロシは一瞬にして高校中退のショックから立ち直り、お金をもらえる社会人の素晴らしさに感動した。

二十万もあればテレビで見たキャバクラや風俗に行ける。

それは高校生には決してできない、社会人の特権だ。

「一年もしたら五十万ぐらいもらえるぞ。雨さえ降らなければ百万稼げる月だってあるぞ」

バブル直前で景気がよく、次々に家やビルが建てられていたので建設業界はとても華やかだった。二十歳前後で独立して会社を立ち上げる者もざらにいた。

「ヒデ君、俺の夢は鳶に決定」

「単純だな」

落ち込んでいたヒロシの顔に笑顔が戻った。お金というもっとも不純なものがヒロシを元気づけた。

「じゃあ財布買わねえとな」

「なんだよ、ヒロシ財布持ってねえのかよ」

「だって財布なんか持つほど金持ってなかったもん」

「よし、じゃあヒロシの給料入ったら、俺が財布プレゼントしてやるよ」

「マジで？　やったあ」

ヒロシの夢が、高収入というエサで鳶に決定した日だった。

ヒロシは遠くを見て深く息を吸い込むと、

「俺もいつか自分の家は自分で建ててえ」と言った。

「馬鹿野郎、まずは仕事覚えろ」

車の中に笑いが広がった。


しかし、そんなヒロシの前向きな心は一カ月と持たなかった。

鳶のアルバイトを始めて二週間が過ぎると、夜から朝まで達也たちと遊びまわり、時には暴走族の集会に参加するようになった。当然、仕事に行く時間に起きられなくなり、遅刻するようになる。遅刻が重なり、それを見かねたヒデ君が家に迎えにくると「風邪をひいた」と嘘をついて休んだ。

さらには家にも帰らずに無断で仕事を休むようになった。そのたびにヒデ君に説教された。最初は反省もしていたが、そのうち聞き流すようになっていった。

「ヒロシ、ヒデが迎えにきたよ」

姉が部屋のドアを開けてヒロシを起こした。

「なんか熱っぽいから休む」そう言うとヒロシは布団にもぐり込んだ。

「いい加減にしろ」いつの間にか姉の後ろにヒデ君が立っていた。ヒデ君はヒロシの部屋に入り布団を引き剝がした。

「なんだよ、風邪ひいちゃったんだよ」

「嘘つけよ、そんなしょっちゅう風邪ひくわけないだろ」

「嘘じゃねえよ」

「甘ったれてんじゃねえぞ、お前」

「うるせえな、出てってくれよ」

「何がうるせえだ。お前、夜、遊びまわってんだろ。親方だってな、心配してんだぞ。いつまでもガキみてえなことしてねえで、ちゃんと責任持ってやれよ」

「なんだよ、ヒデ君だってそうだったじゃねえかよ。自分がオッサンになったからってエラそうに説教してんじゃねえよ」

ヒロシは初めてヒデ君に口答えをした。ヒデ君は悲しそうな目でヒロシを見つめた。

「あんた、何言ってんのよ！」

姉がヒロシの枕元に立って怒鳴った。

「ヒデはね、親方があんたクビにするって言ってんのを、ヒロシはいい奴ですからもうちょっと様子見てやってくださいって頭下げてるのよ。それを何よ」

「だからなんだよ」

ヒロシは立ち上がった。

「大きなお世話なんだよ、アカの他人が出しゃばってんじゃねえよ」

ヒデ君のしてくれたことは嬉しかった。しかしヒロシは姉のいる前で素直になれなかった。「アカの他人」という言葉でヒデ君はより一層悲しそうな目をした。

「いい加減にしなよ！」

姉がヒロシの頬を叩く。

「テメエ」

反射的にヒロシも姉の頬を叩き返した。引っ込みがつかなくなっていた。姉は壁に激突して泣いた。

「テメエ、女に手上げてんじゃねえ！」

ヒデ君はヒロシを殴ると「大丈夫か」と言って姉の顔を覗き込んだ。

「ふざけんじゃねえよ」

ヒロシは寝ていた格好のまま家を飛び出した。

ヒロシは達也の家に向かった。

しかし達也の家ではヒデ君に見つかりやすいと思い、達也と一緒に赤城の家に行った。

その日からヒロシは赤城の家に寝泊まりするようになった。

「お前、家帰んなくて大丈夫なのかよ」

赤城は喧嘩好きなわりに真面目な男で、中学を卒業するとすぐに先輩が働く板金屋に入り、その先輩に金を借りてアパートで一人暮らしをしていた。

月曜から金曜日までは、夜遊びをしても十二時までには家に帰り、次の日はちゃんと仕事に出かけ、週末になると暴走族の集会に出た。真面目な不良だ。

ヒロシは赤城の家に居候するようになってから、昼間はパチンコ、夜は達也たちと遊びまわっていた。その日も明け方帰ってくると、赤城は仕事に行く準備をしていた。

「親とか心配しねえのかよ」

パンチパーマに眉毛ナシの厳《いか》つい顔には、とても似合わないことを言う。

「関係ねえよ」

ヒロシはTシャツとパンツ姿になって布団にもぐり込む。

「ヒデ君がお前のこと探しまわってるって達也が言ってたぞ」

「関係ねえって」

達也たちには、自分が赤城の家にいることをヒデ君には絶対に言わないように口止めしていた。

「まあべつに俺はいいけどよ、仕事行って来るわっ」

「がんばれよ」ヒロシは布団の中から声をかけた。

赤城が仕事に出かけると空しい気持ちになった。真面目に働く赤城がうらやましく思えた。

いつまでもこんな生活を続けるわけにもいかないが、家に帰るタイミングがない。

今さらどんな顔をしてヒデ君に会っていいのかわからなかった。

考えれば考えるほど寂しくて心細くなっていった。

電話してみようかな。ヒロシは思った。

アドレス帳を持っていないヒロシは、よくかける電話番号だけ暗記していた。

ヒロシは決心して布団から飛び起き、顔を洗うとサンダルを履いて、赤城の家の前にある電話ボックスへと小走りで向かった。

受話器を手に持ち十円玉を三枚入れて、ダイヤルをまわす。

最後の一桁をまわす勇気がなくて受話器を置いた。

好きな人に電話で告白する時のようだった。

もう一度ダイヤルをまわす。呼び出し音が五回鳴ったところで、ガチャと電話に出る音がした。

「もしもし」ヒデ君の声だ。

「もしもし」ヒロシが答える。

「どちらさんですか」

「あの……ヒデ君」

「ヒロシか」

その一言でヒデ君がどれだけヒロシを心配していたかが伝わる言い方だった。

「うん、あのさ……」

謝りたかったが「ごめん」の一言をなかなか言い出せない。

「もういいよ」ヒデ君は優しく言った。「どこにいんだ」

「赤城の家にいる」

「そっか」

「あの……」

　どうしても「ごめん」が出てこない。

「母ちゃんも姉ちゃんも心配してっから、今日はとりあえず家に帰れ。そんで明日迎えに行くから、明日からちゃんと働け」

「うん……あのさ……」

「どうした」

「いや、あのさ」

「わかった。今日の夜ヒロシの家に行くから、その時に聞くわっ。もう仕事行かなきゃいけねえからよ」

「うん」

「じゃあ、夜な」

「うん」

「あっ、それと姉ちゃんにちゃんと謝れよ」

「うん」

「じゃあな」

ヒロシは電話が切れたあとに、「ごめん」と言って受話器を置いた。

ヒロシはいつものように窓から自分の家に入った。二週間ぶりの我が家だ。部屋は母親が掃除してきれいに片付けられている。母も姉も出かけているようで家には誰もいなかった。

ヒロシはシャワーを浴びると自分の部屋に戻り布団に入った。

家の布団は、赤城の家のかび臭い布団とは比べものにならないぐらい寝心地がよかった。

明日はちゃんとヒデ君に謝らないといけないなと思い、頭の中で何度も「ごめんなさい」とシミュレーションした。

昨日から夜通し遊びまわっていたので、しばらくして眠りに落ちた。

ヒロシは電話の音で目が覚めた。外を見ると日が落ちて暗くなりかけていた。重たくなった体を無理やり起こしリビングに向かう。リビングのドアを開けると、ちょうど姉が電話に出ているところだった。

お互い「いつの間に帰ってきたんだ」という顔をした。

「もしもし、ちょっと待ってください」そう言うと姉は受話器を塞《ふさ》いで、

「ヒデに聞いたよ。電話したんだって」と言った。

「うん」

まだ姉には素直になれなかったが、ビンタをしたことの罪悪感もあってエラそうな態度には出られなかった。

「ヒロシが電話した時、私もヒデの家にいたからさ」

姉も弟を叩いたことを気にしているようだった。

「あっそう」そう言うとヒロシはリビングを出ようと背中を向ける。姉は受話器を塞いでいた手を離して電話の相手に向かって話しはじめた。

「もしもし、すいません。お待たせしました」

ヒロシは自分の部屋の布団の中に戻って横になりながらタバコに火をつけ、思いっ切り吸い込むと天井に向けて、ぷうーと煙を噴き出した。

すぐに一本目を吸い終わると、二本目を箱から取り出して口にくわえ、一本目の火種で火をつけて、また天井に煙を吐き出した。

すると突然ヒロシの部屋のドアが開いた。見ると姉が真っ青な顔をして立っていた。

「どうしたんだよ」

「ヒデが……」

「ヒデ君がどうしたんだよ」

ヒロシは布団から出てタバコを灰皿に置くと姉の両肩をつかんだ。

「ヒデがこう、こうじ」姉は涙で上手く喋れない。「工事現場であし、あし、あしば」

「現場でどうしたの」

いやな予感が頭の中いっぱいに広がった。

「足場から落ちたって」

電話は病院にいる親方からだった。

◇

「すいません、あの、木村ヒデオって人が運ばれてきたと思うんだけど」

ヒロシと姉は病院に入ると受付にいる看護婦にヒデ君の居場所を聞いた。

「救急車で運ばれたんですか」看護婦が事務的に答える。ひどく冷たく聞こえた。

「少々お待ちくださいね」そう言うと看護婦はバインダーを開いてペラペラとめくりだす。

ヒロシと姉の焦る気持ちとは裏腹に、ゆっくりと作業を続けた。

「テメエ、ちんたらしてんじゃねえぞ！」ヒロシは我慢できずにカウンターを叩いて叫んだ。「急いで探せよ、テメエ」

「すいません」看護婦は顔をひきつらせてヒロシにわかりやすいように急いでみせた。

「ＩＣＵのほうに搬送されていますね」

いくつもの病室の前を横切る。パジャマを着た入院患者を目にするだけでヒロシは不安な気持ちになった。

ＩＣＵは一般の病室とは少し離れたところにあった。部屋の前にはヒデ君の両親と勤務先の親方が立っていて、医師と話していた。

「ユカちゃん、ヒロシ君」ヒデ君のお母さんが駆け寄る。いつもはプックリとした健康的な優しい顔が、疲れ果てていた。

「お母さん」姉の目は病院に向かう間、ずっと泣きつづけたため、腫れていた。「ヒデは……」

「今、お医者さんの話を聞いたところなの」

ヒデ君のお母さんの言葉を受けて、親方が話しはじめた。

「意識不明の重態らしい」

いかにも頑固そうな顔をした親方は、より一層険しい顔でそう言った。

「なんで……」姉は声を搾り出して聞いた。

「足場から足を踏み外して落ちたんだ。いつもは命綱つけて作業すんだけど、三階だったしそんなに高くねえからと思ってつけなかったんだな。頭から……」そこまで説明すると親方も言葉を詰まらせた。

「そんな……」姉はまた目に涙を浮かべた。

「俺がちゃんとつけさせれば」親方は悔しそうに拳を握り締めた。

「助かるんだよね」

ヒロシは呑気な声でそう言った。受け入れたくなかった。ヒデ君の容態は大したことないと信じたかった。

「先生、二人に説明してやってください」

ヒデ君のお父さんはそう言うと歯を食いしばった。お父さんは町の自転車屋の店主で昔かたぎの人だった。顔も体形もヒデ君にそっくりだった。

「お願いします」お父さんは医師に小さく頭を下げた。

医師は神妙な顔つきで話しはじめた。

「彼は、救急車がたどり着いた時には脳死状態でした」

「え……」姉が力なくよろけると、ヒデ君のお母さんが姉の肩を抱きしめる。

　ヒロシの心に「脳死」という言葉が重くのしかかった。

　医師はつらそうな顔をして、さらに続けた。

「心臓も止まっていたのですが、すぐに蘇生させ、機械を使って心臓を動かし病院まで搬送しました、今もその状態です」

「ヒデはどうなるんですか」姉はヒデ君のお母さんに体を支えられながら医師に聞いた。

「手術をするには機械を止めなければなりません。しかし機械を止めれば心臓も止まってしまいます。ですから、今の段階では手術をすることはできません」

　姉は医師の話を受け入れたくなくて首を横に振った。

「機械の力なしで心臓が動くようになれば、手術をすることができますが、そうならなければ脳の手術をすることができないので、今のところ手の施しようがありません」

　医師は話を終えると頭を下げた。

「そんな……」

　姉はヒデ君の両親の前では泣くまいと、必死で涙を堪《こら》えているようだった。

「なんだよそれ、手術できないって。それじゃあ、どうなるんすか」ヒロシが医師を睨みつける。

「彼の生命力に賭けるしかありません」

「なんにもできねえのかよ」

「今のところ我々にはなす術《すべ》がありません」

「なんだよそれ」

「すいません」医師はヒロシの目を真っ直ぐに見て謝った。

ヒロシは黙ってうつむいた。

「ヒデには会えないんですか」姉が弱々しい声で聞いた。

「ＩＣＵの面会時間は決まっているんですよ」

「今は」

「あと一時間後くらいです」

それからの一時間は途方もなく長く感じられた。面会の許可が出たが、中に入っていられる時間は十分ほどだった。ＩＣＵに入るために、滅菌処理のされた白いマスクと帽子、それに給食係のような服を渡された。

中に入ると部屋の隅のベッドにヒデ君が横になっていた。ヒデ君の体にはさまざまなコードや管が付けられていて、ベッドのまわりには機械が並べられていた。その中にテレビドラマで見たことのある、緑色の線がピンピンと跳ね上がる心電図のモニターがあった。

ヒデ君が、かろうじて生きていることを証明する緑色の線だった。

顔には傷一つなく、とても意識不明の重態には見えない穏やかな寝顔だった。

「ヒデ」姉がベッドに近寄り顔を近づける。「なんで、ヒデ」

「大丈夫だよ、すぐに手術できるようになるって」

ヒロシは無理に明るく振舞ってみせた。

「自分で心臓が動かせるようになれば手術できんだからさ」自分にも言い聞かせていた。

「なんだよ、こんな時まで鼻毛出てるじゃねえかよ」

ヒデ君のお母さんが静かに笑った。

「本当にだらしがない子だから」

「いや、お母さん。治ったら俺がビシッと言ってやりますから」

「ありがとね、ヒロシ君」そう言うとお母さんはハンカチで目を押さえた。

ヒロシは、それ以上は何も言えなくなり黙ってうつむいた。

その時、ヒデ君の目から涙がこぼれた。

「先生ヒデの目から涙が」お父さんが医師にすがるように言った。「ヒデは意識があるんじゃないですか？」

「いえ」医師は努めて冷静に話そうとしているようだった。「さまざまな機能が低下しているので、涙をコントロールできなくなっているんです。ですからたまに目から涙がこぼれることがあります」

医師は事実を告げるたびにつらそうな顔をした。

「そうですか」お父さんが力なく肩を落とす。

ヒロシはその場にいられなくなって廊下に飛び出した。

「なんなんだよ、脳死ってよ。生きてんじゃねえのかよ」帽子とマスクを外してクシャクシャに丸めて投げる。「意味わかんねえよ」

廊下の壁を思いっ切り殴りつけた。

「脳死」という言葉を頭ではわかっていても受け入れることができなかった。脳が止まっていても心臓が動いている。涙を流している。それがなんで「死」という言葉がつくのか、どうしても納得できなかった。

「死んじゃ嫌だよ。死なないでくれよ」

薄暗い廊下に立ち、弱々しい声で一人つぶやいた。


次の日になると、ヒデ君の親戚や友人が次々にやってきて廊下で面会時間を待った。ヒデ君の家族と中学時代からの親友の神崎君、ヒロシの姉は病院の廊下で一晩明かした。

ヒデ君の友人のほとんどがヒデ君と同い歳の十九歳で、仕事はしていたが、まだ不良っぽさが抜けず、金髪やパンチパーマだった。

そんな厳つい不良たちがＩＣＵでの面会を終え外に出てくると、みんな目に涙を溜めて、悔しさを口にした。

ヒロシと神崎君は病院の外にタバコを買いに出た。

「ヒロシ、最近上原には帰ってねえのかよ」

代々木上原はヒロシが私立に入学して千葉の寮に入る前の地元で、当時中学生だったヒデ君や神崎君に遊んでもらった町だった。

「うん、全然行ってないよ」

「ヒデが治ったら遊びにこいよ」

「うん」

神崎君もさっきまで泣いていたようで目が真っ赤になっていた。

「よくさ、ヒデとかと行ったゲーセンあんだろ、あそこ潰れて焼き鳥屋になったんだぞ」

「マジで」

「あそこでさ、ガチャコンでゲームやったじゃん」

不良たちは、電子ライターの部品の一つを「ガチャコン」と呼んだ。ガチャコンは二センチほどの長方形で、押すとコードから電気が流れる。そのコードをゲームの百円硬貨の投入口に入れて電気を流すとタダで遊べた。

「やったね」

「あのガチャコンを俺がヒロシに教えた日、ヒデが変なことヒロシに教えんじゃねえってスゲエ怒ったんだぜ」

「そうなんだ」

「ヒデだってオメエいないとこでやってたくせによ」

「マジで？　だって俺には絶対《ぜってえ》やるんじゃねえっつって、小銭くれたよ」

「ヒロシの前だと格好つけんだよ」

「うん」

沈黙を嫌うように神崎君は次々と喋った。

「あとさ、夏休み代中《よっちゅう》に忍び込んでプール入ったよな」

「入った、入った」

「で、帰りに教室でウンコしてよ」

「そうそう、普通さ、そんなタイミングよくウンコなんて出ないじゃん。俺らなんてやっと搾り出して小さいウンコしたのに、ヒデ君だけ超でけえウンコしてんの」

「そうそう、しかもスゲエ臭えしよ」

「ゴリラみたいなウンコしてたよ」

「あんな小せえのに、ウンコスゲエでけえんだよ」

「体のほとんどウンコでできてんじゃねえっかっつうぐらいでかかったよ」

二人は笑った。

それから二人はタバコを買って病院に戻り、玄関の前で吸いながらヒデ君の話を続けた。

小学校の時、ヒロシが学校でイジメにあっていると姉から聞くと、喧嘩の仕方を教えてくれた。次の日イジメっ子に見事勝利した。

ヒロシが学校で無視されていると言うと、「ヒロシは頭がいいから小学生ぐらいじゃ話が合わないんだよ」と言ってくれた。

誕生日を同級生が誰も祝ってくれなくて泣いていると「俺がやってやるよ」と言ってケーキを買ってきて誕生会を開いてくれた。「今日は特別な」と言ってビールを飲ませてくれた。小さいコップ一杯のビールは小学生には凄くまずかったが、とっても幸せな気分になった。

中学の夏休み実家に戻ったヒロシを河原に連れていって「ここでなら違反にならねえからよ」と言って原チャリに乗せてくれた。世界で一番早い乗り物のような気がした。

転校してからはよくカラオケに連れていってもらった。ヒロシが歌うたびに「オメエ歌上手《うめ》えな、歌手になれよ」と酔って真っ赤になった顔で褒《ほ》めてくれた。調子に乗って本気で歌手になろうと思った。

いつも褒めてくれた。「お前は特別だ」と言ってくれた。ヒロシのことをそんなに褒めてくれるのはヒデ君だけだった。

「なんで俺のこと、あんなにかわいがってくれたんだろう」

「わかんねえけど、弟みたいに思ってんじゃねえかな」

「うん……」

ヒロシはヒデ君の声が無性に聞きたくなった。

ヒデ君が病院に運ばれて三日目、相変わらず朝から厳つい男たちの見舞いはあとを絶たず、面会時間を待つ間、ヒデ君の眠るＩＣＵ前の廊下は不良の溜り場のようになっていた。若い医師は「彼の生命力を信じましょう」と熱意を持って治療にあたってくれていた。脳死と宣告されたが「心臓さえ動けば手術ができる」という医師の言葉をみんな信じた。

ヒデ君を担当した看護婦も「きっと声は聞こえているはずですから話しかけてください」と親身になってくれていた。みんなできる限りヒデ君に声をかけた。

ヒロシは、朝一度病院に行き、昼ごろ狛江に帰り、達也の家で森木やテルたちと待ち合わせをして、一緒に病院に戻ることにしていた。


「じゃあ、手術すれば助かるんだろ」

達也はヒロシの説明を聞き終わると、そう言って弟の椅子にもたれかかった。

テルは涙が止まらなくなっていた。

「うん」ヒロシは頷いた。

「じゃあ暗い顔してんじゃねえよ、テメエも泣いてんじゃねえよ」達也がテルを軽く蹴る。

「うるせえよ」テルは鼻水をすすりながら涙を拭いた。

「ヒデ君、タバコ吸いたくねえのかな」ヒロシはタバコに火をつけた。

「吸いてえに決まってんだろ」達也もつられてタバコを出した。

「俺、どうしたらいいかわかんねえよ」ヒロシは頭を抱えた。

「何がだよ」

「俺、ずっと仕事行かねえで、適当なことばっかやって……で、ちょっとヒデ君に言われたら〝アカの他人のくせに口出しすんじゃねえ〟とか言ってよ」

達也とテルは黙ってヒロシの話を聞いていた。

「で、おとつい電話したら、ヒデ君なんにも言わねえで許してくれて……、それなのに俺、ちゃんと謝ってねえんだよ。会った時に謝ろうと思ってたのによ、なんでこんなことになんだよ、クソッ」

「治ったら謝りゃいいだろっ」達也はヒロシの目を見ずに言った。

「だって」

「まだ、わかんねえんだろ」

「だってよ」

「泣いてんじゃねえよ、まだわかんねえんだろうが」

「そうだよな……」

ヒロシのタバコの灰が落ちた。


森木が達也の家にやって来ると、四人は病院に向かった。

ＩＣＵの前に行くと厳ついヒデ君の仲間たちの姿が見えなくなっていた。廊下の前にいたのはヒデ君の家族と神崎君と、ヒロシの姉だけだった。ヒロシは神崎君に駆け寄った。

「なんでみんないないの？」

「あんまり大勢でここで待たないでほしいって病院に言われたんだよ」神崎君はヒロシから目を逸《そ》らして言った。

「どういうことだよ」ヒロシは意味がわからず、食ってかかる。

「ヒデの病室の前に悪そうな奴ばっかり溜まってるから、暴走族の頭が入院してるって患者の間で噂になってるらしいんだよ」

「だからなんだよ」

「要は他の患者が嫌がってっから、お前らは病院の中で待たないでくれってことだよ」

「なんだよそれ、ふざけんじゃねえよ、誰が言ってんだよ」

「病院に言われたんだよ。患者から苦情が出てるって」

「どこの糞野郎がそんなこと言ってんだよ」

「だからお前らも悪いけど病院の外で待ってくれ。次の面会の時間がきたら、俺が呼びに行くからよ」

「冗談じゃねえよ、なんで俺らが外で待たなきゃいけねえんだよ」

「しょうがねえだろ」

「俺らだって、他の患者の見舞いに来る奴らと一緒だろ、みんなヒデ君が心配だから来てんだろうが。それが不良だから外で待てってなんだよ、ふざけんじゃねえぞ！」

「落ち着けよ」

「落ち着けるわけねえだろ、神崎君は悔しくねえのかよ」

「悔しいに決まってんだろっ」神崎君がヒロシの襟首をつかんだ。

「じゃあ、なんでなんにも言わねえんだよ。なんで文句言いに行かねえんだよ」ヒロシも神崎君の襟首をつかむ。

「やめなよヒロシ、神崎」姉が必死で止めようとしている。

「ガキみたいなこと言ってんじゃねえよ、テメエは。そんなことしたら余計ややこしくなんだろうが」

「ガキとか関係ねえだろ」

「ヒロシ落ち着けって」森木が二人の間に割って入った。テルがヒロシを後ろから羽交い絞めにしていた。

「離せよ、ふざけんじゃねえよ、こらっ！　何が外で待てだ、誰が言ってんだよ。出てきて直接言ってみろ、こらっ」ヒロシは足をバタバタさせて暴れた。

「ごめんなさい」ヒデ君のお母さんが頭を下げていた。「ごめんなさいね、ヒデのために我慢してあげて」

ヒロシは我に返って自分の愚かさに気がついた。ヒロシが暴れるのをやめると、すぐにテルは腕を離した。

「すみません」ヒロシはお母さんに頭を下げた。

「いいのよ、ありがとね、ヒデのために怒ってくれて」お母さんはとても優しい顔をしていた。

「すいませんでした」

ヒロシはもう一度謝るとその場を立ち去った。

ヒデ君のお母さんがこうやって頭を下げたから、ヒデ君の厳つい仲間たちは大人しく病院から出ていったのだ。

ヒロシたちは病院の目の前にあるファミリーレストランで面会時間を待った。

面会時間は一日に六回、十分程度で、病室に入れるのは十人までと決められていた。家族とヒロシの姉と神崎君が入ると、残りは四人ほどしか入れなかった。

見舞いに来た大勢の人の中で入れるのはたったの四人。みんな一日中ファミレスで自分の順番がまわってくるのを待っていた。

ヒロシと達也たちがヒデ君に会えたのは、その日の最後の面会時間だった。四人は帽子とマスクと白衣のようなものを渡された。達也は「めんどくせえな」と言いながら帽子をかぶった。

初めて病室の中に入った達也とテル、森木はヒデ君と繋がっているさまざまな機械を見て、少なからずショックを受けた様子だった。

「ほらっ、みなさんが会いに来てくれたよ」ヒデ君のお母さんが優しくヒデ君に話しかける。

するとまたヒデ君の目から涙がこぼれ落ちた。

「そうかヒデ、みんなが来てくれて嬉しいんだな」ヒデ君のお父さんが何度も頷いた。

「みなさんも声をかけてやってくださいね。ヒデには聞こえてるそうなんですよ」

お母さんがそう言うと一人ひとり順番に話しかけた。ヒロシは自分の番がまわって来ると、改めて何を話していいのかわからなくなった。

「あのさ、喜楽軒あるじゃん、あそこがランチタイムだけラーメンに半チャーハンと餃子三つ付いて五百八十円のセット出したんだよ。治ったら食べに行こうよ」

ヒデ君は黙ったままだった。それでもヒロシはどうでもいいような話を続けた。

「あとさ、調布のほうのパチンコ屋に入った一発台の新台が鬼のように穴に入るんだよ。

あれスゲエぜ、ただ従業員がスゲエ腋臭《わきが》なんだよね。あれはヒデ君の鼻毛をもってしても防ぎきれないニオイだぜ」

病室のみんなが笑った。

ヒデ君はいつもヒロシのどうでもいい話を笑って聞いてくれた。

「ヒデ、ヒロシ君は面白いな」お父さんが笑いながらそう言った。

ヒデ君のお父さんの笑顔はヒデ君にそっくりで、まるでヒデ君が起き上がって笑っているようだった。

「森木もなんか言えよ」ヒロシは森木にそう言うとヒデ君の顔を見つめた。

「あの、家出した時、泊めてくれてありがとうございました」

森木と達也も家出をして行くところがなくなり、ヒデ君の家に泊まったことがあった。

ヒロシはもともと自分だけの知り合いだったヒデ君を達也や森木に取られるような気がして、自分も家を抜け出して一緒にヒデ君の家に泊まった。

「あん時食わせてくれた焼そば、スゲエうまかったです」森木は天井を見上げた。

「卒業式ありがとうございました」テルだけは泣くことを我慢できずにいた。「俺、やっぱ、卒業式行ってよかったっす」

「テメエが出たのは、俺らの卒業式だろうがよ」ヒロシがそう言うとみんなが笑った。

「うるせえよ。卒業式ってのは場所じゃねえんだよ、なあヒデ君」テルはマスクをずらして鼻水を袖で拭いた。

「汚ねえな、お前。消毒されてんだから鼻水拭いてんじゃねえよ」

またみんなが笑った。みんな一生懸命に笑っているようだった。

「達也もなんか言えよ」ヒロシが達也にそう言うと、「俺はいいよ」と答えた。

「なんでだよ、せっかく来たんだからなんか言っとけって」

「わかったよ」

達也は意を決したように息を吸い込んだ。

「早くよくなれよな……」

「それだけかよ」

みんなが笑っていると看護婦さんが「お時間です」と言った。


ヒデ君が入院して四日目の朝、ヒデ君のお母さんとヒロシの姉はヒデ君の容態がだいぶ落ち着いてきているので、二人でヒデ君の部屋を片付けて必要なものがあれば取ってくると言って病院を出ていった。

面会の時間には、まだ早かったので見舞いには誰も来ていなかった。病院には神崎君とヒロシとヒデ君のお父さんと妹が残った。

「なんでさ、患者から苦情が来てからも神崎君は病院にいられるわけ」

神崎君とヒロシはロビーの椅子に座って話していた。すぐ近くでヒデ君の妹が聞いていた。

「べつにいいだろ」

「よくねえよ、俺らは今日だってファミレスで待たなきゃいけないんだぜ」

昼ごろにファミレスで達也たちと待ち合わせをしていた。

今日は達也とテルと森木に加え、赤城と加藤も来ると言っていた。待ち合わせをして、そのままファミレスで自分たちの面会の順番がまわってくるまで時間を潰す予定だった。

「お前らみたいなワルそうなのが病院うろついたら迷惑だろ」

「そんなの神崎君だってあんまり変わんないじゃんよ」

「馬鹿、俺はれっきとした社会人なんだよ」

「俺らだって高校行ってねえから社会人だぜ」

「高校行ってねえけど、仕事もしてねえだろ」

「仕事してる奴もいるぜ」

「屁理屈言ってんじゃねえよ」

ヒデ君の妹が小さく笑った。

「何がおかしいの」ヒロシが聞いた。

「神崎君、俺は誰がなんと言おうと、この病院から動かねえって言って、ずっといるんだよ」

病院も神崎君一人ぐらいならと、目をつぶってくれているらしい。

「なんだよ、人にエラそうなこと言っておいて、自分が一番ガキみたいなこと言ってんじゃねえかよ」

「うるせえよ」神崎君は照れくさそうに頭をかいた。

その時、看護婦が走ってくるのがヒロシの目に入った。急患でも運ばれてきたのかなと思っていた。しかし看護婦はヒロシたちに向かって走ってきていた。

「大変です。木村ヒデオさんの心臓が停止しました」

三人は声が出なかった。

「今、先生が蘇生処置をとっています」

「どういう意味ですか」

神崎君は状況が呑み込めていなかった。

「とにかく、ICUに来てください」

「姉貴とヒデ君のお母さんに連絡しないと」

ヒロシは自分でも驚くほどに冷静だった。現実に起こっていることだとは信じられず、頭の中が醒めていた。

神崎君と妹は看護婦と一緒にICUに走った。

ヒロシは公衆電話に走り、姉のポケベルに「4949（至急至急）」と打ち込んだ。

「なんかあったら4949って打って」と姉が神崎君に言っていたのをヒロシは聞いて覚えていた。受話器を置くとICUに急いだ。

ICUに入ると医師が心臓に電気ショックを与える機器を胸に押し当てるところだった。バンと大きな音が聞こえるのと同時にヒデ君の体がエビ反りに跳ね上がった。

ヒデ君の心臓の動きを示す緑色の線は一瞬だけ大きく弧を描いて、ピー――と直線に戻った。

「ヒデ戻ってこい」神崎君が叫ぶ。「頼む、ヒデ戻ってこい！」

ヒデ君の妹は神崎君の袖を握り締めていた。

「ヒデー、ヒデー！」神崎君が叫ぶ。

医師はヒデ君の上に乗ると、今度は手で心臓マッサージをした。看護婦に何か指示を飛ばし、汗だくになりながら心臓マッサージを続ける。

「なんとか、お母さんが戻るまでがんばりましょう」

医師のその言葉は、裏を返せば「ヒデ君はもう助からない」ということだった。

医師は二十分以上もヒデ君に電気ショックと心臓マッサージを繰り返した。そのあまりの激しさにヒデ君の肋骨は折れていた。

「もう、ヒデを楽にしてやってください」

ヒデ君のお父さんが不意に口を開いた。

「お母さんが戻るまで」

医師は再び電気ショックを与え、蘇生を続けようとした。

「これ以上はヒデがかわいそうです。もう楽にしてやってください」お父さんは頭を下げた。

「わかりました」医師が電極パッドを機械の上に置く。緑色の光が永遠にまっすぐに伸び、ピーと音が鳴る。医師が電源を切ると、音も緑色の線も消えた。

「十時十二分、ご臨終です」

「ヒデ、ヒデー!」

神崎君の叫び声だけが病室に響いていた。

姉とヒデ君のお母さんが病院に着いたのは、それからわずか十分後だった。


ヒデ君の葬式が終わって三日が経った。

ヒロシは通夜でも葬式でもヒデ君の死を実感することができなかった。

みんなが通夜の席でヒデ君の思い出話をして笑い、そして泣いた。

火葬場ではヒデ君の家族が棺桶にすがりついて泣いていた。

それを見ても、どうしてもヒロシにはヒデ君が本当に死んだとは思えなかった。

生まれて初めて、人が死ぬということはどういうことなのか考えた。自分が死ぬ時のことも考えて恐くなったが、それでもヒデ君が死んだことに関しては実感がわかなかった。

ただポッカリと胸に穴が開いたようだった。

「ちょっと、いいかな」

ヒロシは姉の部屋を訪れた。

姉は葬式が終わりヒデ君の部屋を片付けに行って以来、ずっと家から出ていなかった。

一日中部屋の中にいた。

「入っていいかな」

「べつにいいけど」

姉は、何年もまともに会話をしていない反抗期の弟が部屋にやってきたことに驚いていた。

「どうしたのよ」

「うん、まあね」

「何よ」

「ちょっとタバコ吸っていいかな」

「いいけど、本当にどうしたの」

ヒロシはタバコに火をつけ、自分で持ってきた灰皿を置いた。

「あのさ、前に姉ちゃんのこと殴ったじゃん。あれ、ごめんな」ヒロシは姉の目を見ずに謝った。

「どうしたの急に」姉は突然謝りだした弟の顔を覗き込む。

「ヒデ君がさ、姉ちゃんにちゃんと謝れって言ってたからさ」

ヒロシはヒデ君にきちんと謝れなかったことを後悔していた。せめてヒデ君との約束を果たしたいと思っていた。

「そうなんだ、ヒデっぽいね」

姉はヒデ君の優しさを噛み締めたのか、喜びと悲しみの入り混じったような表情をした。

「だからさ、ごめん」

ヒロシは灰皿をじっと見つめた。

「いいよ」

姉は笑顔を見せた。ヒロシには、弟の前で無理に明るい表情をつくっているように思えた。

「最初に叩いたの私だし。それにヒデがね、あの日ヒロシのこと許してやれよって言ってたんだよ」

姉は努めて明るく話したが、目には涙が溜まっていた。

「そうなんだ、ヒデ君ぽいな」

「ヒデっぽいね」

二人は静かに笑った。

ヒデ君には謝れなかったが、姉に謝った。その姉にヒデ君が許してやれと言ってくれていた。ヒロシは救われた気がした。

どうしようもない自分を許してくれていたヒデ君の優しさを感じて、また寂しさで胸がいっぱいになった。

「そうだ」

姉が何かを思い出したように、自分の鞄を引き寄せた。

「どうしたの」

「これ、ヒデの家片付けに行った時に出てきたんだけどさ」

姉は鞄から小さな紙袋を出した。

「何、それ」

「ヒデがあんたにって」そう言うと紙袋をヒロシに渡した。

「ヒデ君が俺に」

ヒロシが紙袋を開けると中にはマジックテープで止めるタイプの黒い財布が入っていた。

「これ……」

財布をじっと見つめる。

「給料日にヒロシにあげるって約束したって、買いにいくのつき合わされたんだから」

「そんなに働いてねえから給料ねえのによ」

ヒロシは財布を握り締めた。

「じゃあ、これからはちゃんと働かないとね」

「そうだな」

転校して以来、姉の姉らしい発言に反抗してきたヒロシが、初めて素直に答えた。

「ヒデ君みたいに何か自分のやりてえこと探してみるわ」

「そうだよ。じゃないとヒデ怒るよ」

「そうだな」ヒロシはタバコを灰皿でもみ消した。「あのさ」

「何？」

「メシ、ちゃんと食ってないみたいじゃん。ちゃんと食いなよ」

本当は、「元気出しなよ」と言いたかったが言えなかった。

姉にとってヒデ君の存在はとても大きかった。小中学校時代からの友達で、十六歳からつき合いだした彼氏だった。そう簡単に元気など出せるはずがなかった。

ヒロシは、自分がこれだけ寂しいのだから姉は何倍も寂しいに違いないと思った。だから何か力になりたかった。しかし力になろうとすることでヒデ君を思い出させ、余計つらい思いをさせてしまうのではないかと思うと、どうしたらいいのかわからなかった。

「ありがとう」

「うん」

それでもヒロシの思いが伝わったのか、姉は無理に笑顔をつくった。とても弱々しい、今にも壊れてしまいそうな笑顔だった。

二人の間にしばらく沈黙が続いた。

「あのね、ヒデね」姉がとても小さな声で喋りだした。「ヒデね、あの前の日にね、初めてね、いつか結婚したいねって言ってくれたんだ」

「そうなんだ……」

「会いたいよ……ヒデに会いたい……」

ヒロシは何も言えなかった。

そしてその時初めて、ヒデ君は死んでしまったんだと実感した。

「俺、狛江から出ていくわ」

夜、ヒロシは自分の部屋にみんなを呼び出して発表した。

達也、森木、ワン公、ルパン、テル、赤城、加藤、みんな目を丸くして驚いた。

「なんだよ急に」テルが聞き返す。

「ちゃんと働くってヒデ君と約束したからよ」

　みんなまだヒデ君の名前が出ると寂しそうな目になった。

「狛江でだって働けんじゃねえかよ」

　テルはヒロシが狛江から出ていくのを必死で止めようとした。

「そうだよ、俺も加藤もちゃんと働いてるけど、この町から出ていこうとは思わねえぞ」

　赤城が怒ったようにヒロシに言うと、

「俺と森木も、俺の先輩のとこで床材の仕事やることに決まったんだよ」テルが続けた。

「マジかよ、おめでとう。頑張れよ」

　ヒロシはテルと森木が働くことを心から祝福した。不良とはいっても根は真面目な二人だから、ヒデ君が死んでから自分たちなりに色々と考えたのだろう。そして出した結論が働くということだったのだ。

　それはヒロシも一緒だった。

「だからよ、俺が紹介してやるからよ、ヒロシも俺らと一緒に働こうぜ」テルが、必死になって言った。

「いや、そうやって言ってくれんのは嬉しいんだけどさ、俺は、赤城とか加藤とかと違って、自分に甘いからよ、狛江にいるとつい遊んじゃって、きっとすぐにサボるようになっちゃうと思うんだよな」

ヒロシはヒデ君の期待を裏切って仕事をサボるようなことを二度としたくなかった。

「俺がサボらせねえからよ」テルはなおも食い下がる。泣きだしそうな顔をしていた。

「サボらせねえってどうすんだよ」

「お前の家に行って起こしてやるよ」

「毎日かよ」

「毎日だよ」

「そんなの続くわけねえだろ」

「続けんだよ」

「なんで俺が狛江から出ていくのがそんなに嫌なんだよ」

「寂しいだろうがよ」

テルはストレートに言った。そのストレートさがヒロシにはなんだか照れくさかった。

「そう言ってくれんのは嬉しいけどよ、寂しいとかって恥ずかしくねえか」

「何が恥ずかしいんだよ、仲間が減ったら寂しいだろうがよう」テルはそう言うとついに泣きだした。

「泣くの早《はえ》えだろ」とヒロシが言うと、テルはいつものように「うるせえな」と言ってT

シャツの袖で涙と鼻水を拭いた。こいつは本当にいい奴だな、とヒロシは思った。

「そうやって寂しいとかって言ってくれんのはスゲエ嬉しいけどさ」ヒロシは話を元に戻した。

「俺さ、知ってる奴がまわりにいるとつい甘えちゃってさ、ダメなんだよ。だからよ、俺のこと誰も知らねえとこに行って、誰にも甘えられないとこでもう一度ゼロからやり直したいんだよ」

ヒロシはリセットするのが好きだった。

小さい時から引越しや転校が多く、新しい環境に慣れて刺激がなくなったころに都合よくその場所を離れていたので、それが癖になっていた。ある一定期間過ごすと誰も自分のことを知らない町に移りたくなる、刺激のたくさんある新生活を求める癖がついていたのだ。それがこの町から出ていきたいもう一つの理由だった。

千葉の私立から「不良になる」と言って転校してきてから十カ月目のことだった。

「だから、やっぱ狛江から出るわ」

「ここまで言ってんだからさ。気持ちよく見送ってやろうぜ」

ルパンがいつものように片方の眉毛を吊り上げて言った。そういえば、ルパンはいつでも俺の味方をしてくれていたな、とヒロシは思った。

「まあ、俺らのこと呼び出して言うぐらいだから、そんなに簡単に気持ち変わんねえんだろ」

赤城は今日も朝から仕事だったので眠そうだった。加藤は赤城の隣で、すでにウトウトしていた。つき合いが一番浅いので、ヒロシが町を出ていくかどうかより眠気が勝ったようだった。

「どうしても、行くのかよ」テルがカバのような顔で真剣に見つめてくる。

「もう決めたからよ」

テルがカバのような顔をさらに近づける。

「気持ち変わんねえのかよ」

「変わんねえな」

「わかった！」テルが大きな声を出して手を叩いた。その音で、眠りかけだった加藤が首をブルブルッとさせ大きく目を開いた。

「その代わり、絶対誰にも負けんじゃねえぞ」

ヒロシは、なんの勝ち負けだかわからなかったが、とりあえず「おう」と答えた。

「お前は狛江の代表だからよ」

これにはさすがに「なんの代表だよ」とツッコんだ。

「わかんねえけど、とにかく俺らの代表だからナメられるんじゃねえぞ」

ヒロシはテルのことを、こいつはいい奴だけど本当に馬鹿だな、と思った。

「じゃあ、酒でも飲もうぜ」ルパンはそう言うと、早くも上着を羽織って立ち上がっていた。

「俺、盗んでくるわっ」

「待てよ」

ずっと黙っていた達也がルパンの袖をつかんで座らせた。

「どうしたんだよ」ルパンが怪訝《けげん》そうな顔で達也を見る。

「本気で狛江出ていくつもりかよ」

「さっきから言ってんじゃん」

「ふざけんなよ、テメエ」

「どこがふざけてんだよ」

「どうしても出ていくって言うなら、俺とタイマン張ってから出ていけよ」

「なんでそうなんだよ」

ヒロシにはわかっていた。テルと同じで達也もヒロシが狛江を出ていくのが寂しいのだ。

しかしテルと違って、寂しいなんて死んでも言わないし、そういう雰囲気を出したくもない。そんな達也の行き着くところはいつも喧嘩だ。

「ヒロシ、テメエよ、鬼兵隊《きへいたい》の集会に顔出してんだろ。そっちはどうするつもりだよ」

「何回か行っただけだろ」

「そうだよ、鬼兵隊はべつに大丈夫だろ」赤城がヒロシをかばう。

「そういう問題じゃねえんだよ。俺は、お前が俺らと一緒に族やると思ってたからよ」

「そんなこと言われてもよ」

「ケジメだろ、ケジメ。だから俺とタイマン張ってケジメつけろって言ってんだよ」

達也は、自分とタイマンを張れと言えばヒロシがビビッて狛江を出ていくのをやめると思っているのだ。とても単純な思考回路だ。

「いいよ、わかったやるよ」

「テメエ、マジかよ」達也はヒロシがあっさり喧嘩をオッケーしたので驚いた顔をした。

「テメエ、俺と前にやった時にボコボコにされてんのに懲りてねえのか、こらっ」

「あれから一年近く経ってっからよ、俺もそれなりにスキルアップしてんだよ」

「上等だよ、テメエ殺すぞ」

「だから死なないって」ヒロシはそう言うと一呼吸置いてこう続けた。「まあ赤城にだったらマジで殺されるかもしれないけどな」

　達也の顔色が変わる。

「テメエ、どういう意味だよ」

「いや、べつに深い意味とかないけどさ」

「テメエ、何が言いてえんだよ」

「まあさ、達也と赤城って結局のとこ、どっちが強いのかなって思ってさ」

　達也はより一層顔をこわばらせた。

「どういうことだよ」

「達也と赤城って喧嘩したことないじゃん。でも俺は達也とも赤城ともタイマン張ってんじゃん。赤城だったらマジで殺されてるかもしれねえなって思ってさ」

「だから何が言いてえんだよ、テメエはよ」達也の顔は怒りで真っ赤になっていた。

「いやいや、ヒロシ君はよくわかってんじゃねえかよ。要は俺のほうが達也より強えってことが言いてえんだろ」赤城が上機嫌でヒロシの肩に手を置いた。

「テメエ、しゃしゃり出てきてんじゃねえぞ、こらっ」

「落ち着けって達也」ヒロシが達也をなだめる。

「赤城のほうが強えとは言ってねえじゃん」

「じゃあ、なんなんだよ」

「だからさ、どっちのほうが強えのかなって思ってさ」

「そんなもん俺のほうが強えに決まってんだろ」

達也はどっちが強いかということに関しては、どんな時でも絶対に引かなかった。ヒロシはそんな達也の性格を熟知していた。

「ちょっと待て、なんでテメエが俺より強えんだよ、こらっ」

赤城も達也と同じで喧嘩に関しては引かない性格だ。

「なんだ、こらっ！」達也が立ち上がる。

「やんのか、こらっ！」

森木が止めに入る。

「お前らも止めろよ」

続いてテルと加藤も止めに入った。

「ヒロシ、テメエややっこしいこと言ってんじゃねえぞ」森木が二人の間に無理やり体をねじ込ませながら言った。

「じゃあさ、こうしようぜ。達也」

「なんだよ」達也が険しい顔つきでヒロシを睨みつける。

「俺と喧嘩する前に赤城とタイマン張って、その決着つけてから改めて俺とタイマン張ればいいじゃん」

「やってやるよ、こらっ！」

達也が赤城の襟首を捕まえようとするのをテルが押さえる。

「上等だよ、こらっ！」

赤城が加藤と森木の腕を振りほどき指を鳴らした。

ヒロシの思惑通り二人のタイマン勝負が成立した。

達也が赤城に負ければ自分は達也と喧嘩しないで済む。達也が勝ったとしても、相手はターミネーターのような男だ。達也も、相当なダメージを受けるはずだった。単純に「達也VS赤城」の一戦を、狛江を出ていく前に見ておきたいという気持ちもあった。

「よし。じゃあヒロシの送別会で喧嘩するか」

テルはすっかり泣き止んで喧嘩の観戦を楽しみにしている。

「フウー」とワン公が奇声を発する。

「何、盛り上がってんだよ」森木がワン公の肩をはたく。

「赤城のことぶっとばしたら、マジでテメエ殺すからな」

「そう簡単に人は死なねえっつうの」

「余裕、ぶっこいてんじゃねえぞ」

本当に殺されそうになったらまた止めてくれるんだろうな、と思いながらヒロシが森木のほうを見ると、森木はやれやれといった表情でタバコに火をつけた。

「じゃあ、行くか」

テルがそう言い、窓から次々に外に出る。最後に出た赤城が「お邪魔しました」と小声で言って窓を閉めた。こんな時にまでこのパンチパーマは律儀だな、とヒロシは感心した。

外に出て階段を下りるとヒロシは何気なく空を見上げた。満月だった。

「満月だ」

ヒロシがそう言うと全員が空を見上げる。

ヒロシはミユキと一緒に満月を見た夜を思い出した。

今日の満月も特別だなと思った。

「テメエ、呑気なこと言ってんじゃねえぞ」

そう言うと達也はツバを吐いて一人で先に歩きだした。行き先は鳥越神社だ。

次の日、ヒロシはボコボコの顔で狛江を出ていった。

十六歳の夏だった。

編集協力　品川実花
この作品は二〇〇六年八月リトルモアより刊行されたものです。

ドロップ

品川《しながわ》ヒロシ

平成21年3月15日　初版発行
平成22年4月1日　7版発行
発行人――――石原正康
編集人――――菊地朱雅子
発行所――――株式会社幻冬舎
〒151-0051東京都渋谷区千駄ヶ谷4-9-7
電話　03(5411)6222(営業)
03(5411)6211(編集)
振替00120-8-767643
印刷・製本―中央精版印刷株式会社
装丁者――――高橋雅之
米谷テツヤ

幻冬舎よしもと文庫

ISBN978-4-344-41272-9　C0193　Y-1-1